O LIXEIRO E O PRESIDENTE

O LIXEIRO E O PRESIDENTE

SILAS CORRÊA LEITE

coordenação editorial
Sálvio Nienkötter

editor-adjunto
Raul K. Souza

editora assistente
Maria Luiza Carvalho Rodrigues

capa | projeto gráfico
Paula Villa Nova

produção
Cristiane Nienkötter

Dados Internacionais de Catalogação na Publicação (CIP)
Andreia de Almeida CRB-8/7889

Leite, Silas Correa
O LIXEIRO E O PRESIDENTE/Silas Corrêa Leite
Curitiba: Kotter Editorial, 2019.
74 p.

ISBN 978-65-80103-30-0

1. Ficção brasileira I. Titulo

CDD B869.3
19-0978
Composto e impresso no Brasil

Kotter Editorial
Rua das Cerejeiras, 194
82700-510 | Curitiba/PR
+55 41 3585-5161
www.kotter.com.br | contato@kotter.com.br

1o edição
2019

SUMÁRIO

O LIXEIRO E O PRESIDENTE

ROMANCE QUE PÕE OS DEDOS NAS FERIDAS DOS MEANDROS SÓRDIDOS DA HISTÓRIA RECENTE DO BRASIL ENTREGUE AS MOSCAS...

"De fato, o romance popular que o público chama sadio é sempre uma criação completamente doentia; e o que o público chama um romance doentio é sempre uma obra de arte bela e sadia."

(Oscar Wilde)

-O livro O Carteiro e o Poeta, lembra-se? (Il Postino de Antonio Skármeta, escritor chileno), foi uma bela obra que virou filme de sucesso dizendo sobre a relação por assim dizer prazerosa entre o poeta Pablo Neruda, Prêmio Nobel de Literatura, e o seu carteiro, exilado numa ilha da Itália. Medida as proporções datadas, e de tempo e espaço, claro, aqui, como a própria relação entre o carcereiro de Mandela, na África do Sul, o autor retrata a relação íntima, institucional até, entre um lixeiro parvo do Palácio do Planalto, uma espécie de aspone (assessor para assuntos aleatórios e escusos) mas serviçal direto e imediato, num convívio com a autoridade máxima do país, o sr Fernando Dois, depois da cassação do Fernando Um – e de Fernando em Fernando o Brasil foi se ferrando – quando se pensaria que o segundo não faria igual ao primeiro, que tinha aprendido com a história para que ela não se repetisse, e que assim faria muito melhor e de forma transparente, mas a história não oficial na verdade registrou diferente, e, claro, nada como um narrador catador de lixo (em todos os sentidos), para registrar, relatar, delatar, pois, se toda história é remorso como diz Drummond, e, como diz o adágio popular parafraseado, "ao derrotado as batatas", em tese, quem ganha é quem conta em registro oficial; e, assim como um índio poderia contar a verdadeira e funesta invasão do país pela sua ótica de explorado, o faxineiro que aqui é personagem, apaga, esconde, encaminha para serem incinerados os arquivos, as pastas rosas e perigosos documentos afins, para que sejam queimadas todas as provas do crime paisano no poder, ou entrega as denúncias e registros de delações em confiáveis boas mãos santas de engavetadores públicos e afins, pois o faxineiro principal aqui também sabe, e fuça, antenas ligadas, e assenta, sofre, toma sentido e toma tento... Essa é a ideia do projeto do livro.

Num país como o Brasil, de um "capitalismo americanalhado" financiado pela corrupção institucionalizada em todos os níveis, com impunidade no atacado e no varejo, em que a ordem é para poucos, e o progresso para uma elite, em que se plantando tudo dá, para os ricos, os brancos, um continental país de muito ouro e pouco pão, de propriedades roubos, de riquezas impunes, de lucros injustos, e em que caberia a um verdadeiro estadista ético-humanista o propósito de uma socialdemocracia para promover uma limpeza geral e uma devida inclusão social sem precedentes, para pagar uma dívida social impaga desde 1500, mas o que se vê nos bastidores dos podres poderes é um faxineiro literalmente fazendo a limpa do que deveria ser de conhecimento público, e que tinha que ser devidamente inventariado e justiçado, não fora uma torpe justiça corrupta, uma leviana mídia abutre comprada, uma hedionda elite insensível, e tudo sendo - nas narrativas da obra - contado em diálogos, como se num teatro de horrores dos marionetes políticos com mãos sujas, entre um cavaleiro de triste figura, todo pomposo, ególatra e galinha, se achando, impune, e seu escondedor, por assim dizer, o lixeiro de "la merd" toda....

O circo pega fogo. República de Bananas. E um Bananão no poder. Não existe pecado ao sul do Equador, cantou Chico Buarque. Em O LIXEIRO E O PRESIDENTE o bicho vai pegar, nada se salva, tudo nos conformes, e o que se vê é o achismo e a mesmice de tudo continuar como está, para deleite do lucro fácil, da nova desordem econômica mundial, e o cínico estado mínimo das privatizações roubos no front a galope. Salve-se quem puder... Um Severino depois dos candangos. Um socialista, sociólogo, ateu, depois do Janota Fernando Um, acabando por fim também um boçal Janota Dois, tudo falso; ou mudando para tudo continuar na mesma, claro, mas com verniz novo, e assim engabelando via mídia abutre a patuleia S/A desse pindorama país, ex terra de Santa Cruz.

A relação que rola e pinta, os diálogos que nutrem e viçam, os meandros, os bastidores do poder, tudo como quadros cênicos de irrazões, retratos de errações, de maracutaias, de cartéis, de propinas, de máfias e quadrilhas, arapucas e falcatruas, entre ratos, hienas, chacais, urutus, bem ao modus operandi tradicional do jeitinho brasileiro para inglês ver. As contundentes narrativas acabam por fim dando testemunho de um tempo, de um lugar, de uma Brasília como totem do crime organizado na sulamerica latrina...

Dois personagens. E olhos de ver e de sentir de lado a lado, de alto a baixo, e de baixo ao alto. E as ironias, ilações, alusões, humores, causos, contações, anedotas, barbaridades dantescas e intimidades violadas no mesmo foro e diapasão. Somos todos Severinos na Ilha da Fantasia? Você não vai acreditar...

O autor, já tachado de neomaldito por Antônio Abujamra no Programa Provocações da TV Cultura de SP, quando disse que "corta os pulsos com poesias", aqui, em mais um livro polêmico e diferenciado, como todos os outros que lançou, assustadores até, mais uma vez repagina a história oficial até mais ou menos recente, sobre o viés de um lixeiro em terra brasilis de muita pompa e pouca assistência aos excluídos sociais, aos sem-terra, sem teto, sem amor, mas, ainda assim, brasileiros do Brasil, dos filhos deste solo...

Pois o autor, ciberpoeta e blogueiro premiado, e diplomado conselheiro em direitos humanos, um livre pensador humanista que acredita na arte como libertação, e que, ao chamado fim das utopias, sonha um humanismo de resultados, nesta assustadora obra, uma verdadeira granada sem pino, correndo o risco de ser processado por causa das verdades, ou mesmo podendo ser censurada para não levantar fatos e atos que os envolvidos querem esquecer, de novo tasca fogo na canjica, outra vez toca feridas, desnuda feudos, fraudes, furdunços, esmiúça totens, clareia instantes-trevas, na chamada nova república dessa também nova capitania hereditária que acabou se tornando Brasília, para as mesmas impunes e neofascistas oligarquias de sempre abusarem, lucrarem, aliás, como fizeram desde 1500, provando que nada mudou, só as moscas na mesma merda, só os políticos blindados pela mídia corrupta se abancando e lucrando com o poder.

O povo, ora, o povo, como o próprio lixeiro, um mero detalhe.

O inferno mora no desfecho

-0-

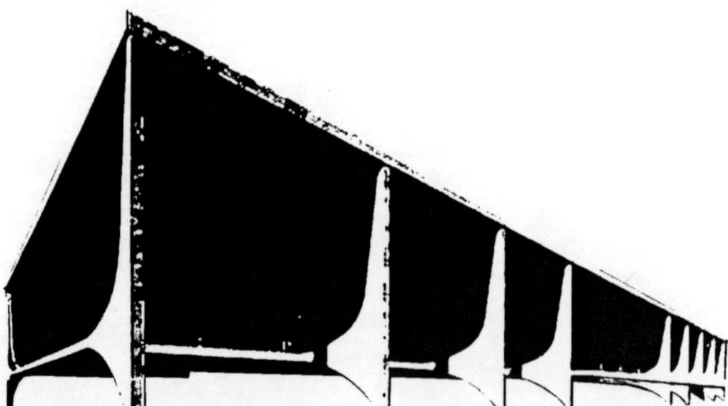

ROL DE DEDICAÇÕES

Álvaro Alves de Faria
Fernando Jorge
Humberto Mesquita
Mario Cortella
Marilena Chauí
Nicodemos Sena
Paulo Freire
Santos Dias
Vicente Cecim
Vladimir Herzog

Para os libertários de minha aldeia,
terra-mãe, in memoriam

Silvio Machado
Tonico Bittencourt

E Para Rosangela Silva, estrela bailarina,
minha amada e companheira de sonhos e lutas,
que me fez perder o medo do escuro.

O AUTOR

ADVERTÊNCIA

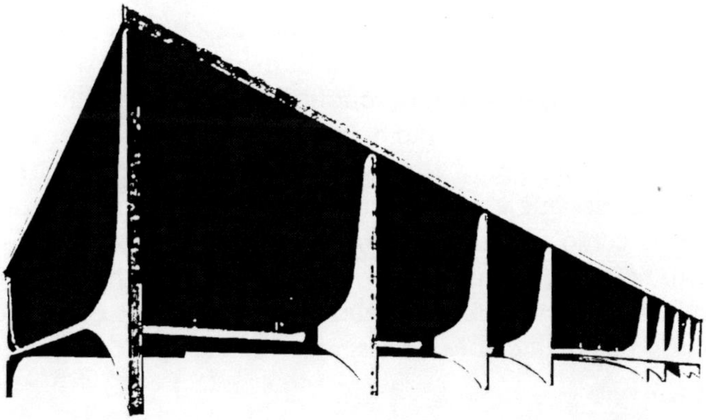

"Só feche seu livro//Quem já aprendeu"
Taiguara (Para que as crianças Cantem Livres)

"Quem sabe faz a hora/Não espera acontecer"
Geraldo Vandré (Para não dizer que não falei de flores)

Julgamos de dever prevenir o leitor que, apesar do título e das narrativas da obra como um todo, não garantimos a autenticidade dos diálogos afinal arrolados, e temos fortes razões para pensar que se trate apenas de uma fábula ou parábola, quem sabe uma mera paródia a partir de uma possível paranóia do escritor conhecido por ser membro da libertária marginália literária sociedade anônima, como se assim uma espécie pós-pós-moderna de neomaldito da web.

Além disso, afigura-se-nos ainda que, o autor, crítico radical, bobo ex sonhador de utopias, e agora sonhador de um humanismo de resultados em tempos neoliberais, embora pareça haver procurado a verossimilhança, a destruiu ele mesmo, e bem desajeitadamente até, dado à época na qual situou os acontecimentos políticos escusos aqui arrolados. Com efeito, muitas das poucas personagens postas no cenário palacial, têm tão maus costumes e comportamentos estupidamente irracionais, inadequados, insanos ou - nessa nossa nova era (ou nova desordem econômica mundial) - tão politicamente incorretos, que é realmente impossível supor que tenham vivido nesse nosso tempo, nessa nossa sul-américa católica tão civilizada, em que as luzes para as carências sociais abundam, em que filósofos têm crédito histórico e sociólogos dão show de credibilidade e transparência postural sem nunca mudar uma linha de raciocínio (e sem jamais inventarem planos econômicos burramente irreais e mirabolantes com fito popularesco-eleitoreiro, ou por pedirem que esqueçam tudo o que falaram) quando os meios de comunicação estão espalhados por toda parte feitos severos olhos da nação, e, como se sabe, todos os homens públicos são honestíssimos e de alto gabarito para prover o país, embelezando os poderes oficiais com tanto brilho e civismo nas realizações de resgates sociais fora de série.

É nossa opinião que todas as aventuranças dialogais aqui narradas, têm, certamente, um fundo de verdade, claro, mas as historicidades só podem ter acontecido em outros tempos, outros lugares, outras épocas e palcos que desconhecemos totalmente, e censuramos muito o autor, aparentemente seduzido pela esperança de querer de forma açodada despertar enorme interesse como se aproximar mais de seu tempo contemporâneo e de seu país adorável para todos, por isso ousou fazer aparecer esse projeto, sob certos estereótipos os insolentes e com nossas palavras os comportamentos tropicais tragicômicos, parábolas, achismos, mesmices, alusões, ilações, prosas e narrações com erratas, inadequados, além de usos e costumes que nos são totalmente estranhos. Quem o autor pensa que não é?

Ao menos para preservar o leitor cético de maiores surpresas, apoiaremos nossa opinião num raciocínio que lhe propiciamos confiadamente, afinal, quem é que vai querer estar no poder para tirar vantagens, quem é que num país sério desses como o Brasil varonil vai seduzir mocinha pura e engravidá-la sendo casado e supostamente fiel para a pose oficial, quem é que vai levantar a mão contra seu irmão, quem é que vai querer usufruir o erário público para dar a agiotas do capital estrangeiro ou a bancos insanos pelo lucro fácil; quem é que vai aprontar com prepotência de se intuir impune, tendo em vista nossa portentosa justiça de alto nível, nossa sociedade de uma elite branca de alto poder crítico, humanos, cristãos, nossos eleitores tão civilizados para historicamente tão boas escolhas de seus mandatários.

Conselho Editorial Reunido em Regime de Emergência

POLITICA, UM PONTO DE VISTA

(Fragmento)

"O homem é um animal político"

Aristóteles

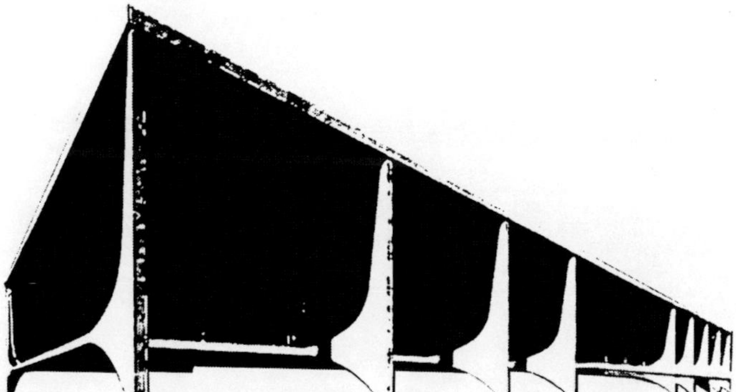

-Política é arte, filosofia, inteligência, cultura, ideologia, sociologia, sonho, antropologia, pesquisa, leitura, confirmação. Darwin não abandona? Ou Freud, Niesztche, Marx? Eu mesmo fui politizado muito antes de aprender a ler e a escrever, fui processado por corruptos e ladrões, briguei contra corruptos de Itararé (e era respeitado e admirado por eles por isso/não tinha preço para ser cooptado por eles), tive ficha no DOPS na época da ditadura, perdi bolsa de estudos, perdi emprego, por ser jovem turrão, crítico politico e livre pensador humanista. Aliás, o triste não é exatamente o fanático (Einstein, Freud, Marx, Da Vinci, Nietszche eram fanáticos e foram os mais determinados e geniais do mundo), e se ele o tal fanático por acaso sabe, entende, pesquisa, lê muito, estudou bastante e tem um belo ideal de justiça (quem não tem?) de paz, de inclusão social, de esperança, de democracia, ética, vai lutando e sonhando, e evoluindo, errando e aprendendo. Mas o mais triste e vergonhoso é o critico de ocasião, de uma hora para outra (o cara acha que tem um blog ou uma página no facebook e com isso vem inteligência e cultura junto num kit pronto), porque na verdade a verdadeira mudança começa em mim, em casa, em nós, nossa cabeça, nossa vila, nosso bairro, na família, depois do micro espaço, segundo o pensador Confúcio, para o macroespaço.

Mudando o nosso meio, a médio e longo prazo, mudamos o macro espaço, o longe, o todo. Como faço livros, palestras, congressos (afinal já tenho mais de 60 anos e vivi a queda do Jânio Quadros, a derrubada do João Goulart, ditadura, a anistia, a Era FHC que traiu a si mesmo quando disse para esquecerem tudo o que ele falou e escreveu na vida acadêmica na USP), e nunca tenho verdades absolutas, nem sei tudo, sou um eterno aprendiz da alma humana, alma humana que feito um aloprado tento compreender, inclusive criando, pesquisando, escrevendo, porque a raça humana surpreende muito pelo certo e outro tanto pelo errado, a mídia as vezes sendo um proposital equívoco, a própria sociedade as vezes sendo hipócrita e falsa, a justiça as vezes sendo tendenciosa e amoral, assim como em tese todo político ou partido tem seu lado errado e certo disso, sob uma ou outra ótica, pragmática ou mesmo paradoxal que seja.

Então, onde tem seres humanos, num partido, num clube, numa torcida, tem a alma humana insegura, que às vezes não quer mudar-se de si, pode nem querer e nem saber evoluir direito, pois só se evolui, em tese, pela fome, miséria, pela dor, pela guerra, pela pressão, cobrança, doença, epidemia; o próprio comodismo faz o achismo, e o achismo a mesmice, faz o cara achar que política é ruim, ou que o lado dele é o certo, ou que ninguém presta, ou que são todos iguais, ou que um ou outro é santo, podendo não ser, e mesmo querendo ser apolítico já é ter uma postura política, por assim dizer, pois, como disse um filósofo mais de dois mil anos atrás, todo homem é um animal politico.

Por isso existem as guerras, as revoluções, as insurgências, os mitos, as utopias, e os poetas que sonham Pasárgadas, Shangri-lás, Jerusaléns, Jardins Secretos, Tibetes, Terras Prometidas, Neverlands...

- Silas e suas "siladas"

– Texto da Série "Ensaio Geral, Pensagens e Purgações,
O Homem e o Ser de Si

(fragmento de livro inédito do autor).

www.portas-lapsos.zip.net
poesilas@terra.com.br

APRESENTAÇÃO À GUISA DE PREFÁCIO:

"Brasil/Qual é o teu negócio/O nome do teu sócio..."

Cazuza

-No Brasil, tudo é possível. Desde um livreto como este, feito burlesco romance picaresco em técnica inglesa (marionetes não jogam dados?) a partir de informações compiladas de gravações ruins, escutas secretas (clandestinas) em fitas miniaturas de áudio-cassetes cabritados do Paraguai, até uma ou outra autoridade capenga que tem - tipinhos janotas e boçais que valem menos pelo crível e mais pelo exótico - até pelo supostamente impossível, na linha do ouvi-dizer ou no estilo do, acredite se quiser, além de sazonais respingos da história oral de nossa republiqueta de bananas e de seu capitalhordismo americanalhado made in Sampa, quando os imbecis estão no poder e abundam no poder, arrotado grandezas pífias de maquiavélicos jogos de cenas e cartas marcadas para parte da jeca mídia atrelada ir na onda, embarcar na canoa furada da mentira institucionalizada em todos os níveis dos podres poderes.

-Às vezes temos a impressão de que temos clones ou sósias em todos os lugares, e que os originais são só invenções de nossas mentes entre o álcool, o open doping da mídia, o futebol e a periferia sociedade anônima, pois, afinal, não há peças de reposição para falsos seres humanos, nem inventaram ainda silicone para ególatras, ou cérebros com drones. Aqui, o inverossímil ganha semelhanças aceitáveis, e toda coincidência é mera oportunidade de reafirmar o óbvio ululante, já que mesmo a unanimidade sendo burra, tudo nos dá o inalienável direito a caçar palavras cruzadas no manto diáfano da fantasia, nessa terra brasilis de muito ouro e pouco pão, quando os loucos têm que sobreviver, pois, afinal, quanto mais longe do circo, mais encontramos palhaços (de terno, gravata, toga, batina, túnica e farda), como diz a canção popularesca de priscas eras.

-Um doutor acadêmico presidente janota e boçal, dissimulado, meio vaselina de salão oval, metido a sebo, com cursos no exterior e mestrado--cópia, e que só acredita em estatísticas furadas, ex isso, ex aquilo, parecendo que é, mas não é, pensando que pensa, porém, dando chute na sombra, alegando em nhen-nhen-nhen masturbatório que tem um pé na cozinha e outro na embaixada emboaba (com tapete vermelho de agiota neoliberal). Enfim, tudo a ver para um diálogo do lazarento com o caipora, mais um mané galgado ao cargo de seu confessor imediato, direto, um arigó membro do zé povinho, faxineiro, limpador de fardos pesados, ainda mais também algo fofoqueiro e extremamente mais ouvidor presidencial do que tudo, um escutador-penico, num diálogo que ora beira o ridículo, mesmo parecendo besteirol, e ora beira ao estúpido mesmo sendo fato, quando não bisonho, bizarro, exatamente como tudo que ocorre nessa Brasília de tantos antros de escorpiões, enquanto o outro disforme Brasil S/A é um baita Carandiru a céu aberto, para sorte das potências exploradoras via FMI.

-Como o escritor tem que acender um fósforo no escuro (como pregava Santo Érico, cada vez mais Veríssimo), como o artista de um modo geral é, certamente, pelo menos isso, um espécie de antena da época (para citar Rimbaud), cá está este livro escrito no frigir dos ovos de uns feriados prolongados, num ano qualquer em que o Risco Brasil não são as injustiças, os contrates sociais, as riqueza impunes, os lucros insanos, mas o medo de um Operário Lá, subindo a rampa, com o povo tomando a direção da barca, citando o poeta angolano Agostinho Neto.

O Autor – Início Primeiro de Abril de 2002
– Estância Boêmia de Santa Itararé das Artes-SP

Término - (Versão média)
– Augusta Sampa 451 Anos Desvairados

Versão Final, Carnaval 2018
- Era Temer, O tinhoso usurpador traíra

-0-

Tem político brasileiro que, se
Deus nos livre e guarde voltar ao
poder, já tem desde já o discurso de
posse prontinho:
-Vim para devolver!

(Juca Chaves)

PARTE UM

Desde que, adulto, comecei a escrever romances, tem-me animado até hoje a ideia de que o menos que o escritor pode fazer, numa época de atrocidades e injustiças como a nossa, é acender a sua lâmpada, fazer luz sobre a realidade de seu mundo, evitando que sobre ele caia a escuridão, propícia aos ladrões, aos assassinos e aos tiranos. Sim, segurar a lâmpada, a despeito da náusea e do horror. Se não tivermos uma lâmpada elétrica, acendamos o nosso toco de vela ou, em último caso, risquemos fósforos repetidamente, como um sinal de que não desertamos nosso posto.

Érico Veríssimo

-Eu tinha ido à Brasília, d.c. (Depois de Collor), capital federal do Brasil, a convite de amigos escritores neomalditos & marginais, para uma oficina de criames num encontro de poetas contemporâneos promovido pela Editora Thesaurus e sob o aval do romancista, poeta e dramaturgo Antonio Miranda, quando, de passagem, por acaso, ouvi um burburinho sobre o flagrante que um dito assessor pessoal do presidente sofrera, ao ser pego com drogas e, ao tentar fugir, atirando na policia federal, teria sido atingido fatalmente, morrendo baleado feito uma raposa com a mão na cumbuca cheia de uvas verdes só para citar a fábula da raposa.

Pois, no mesmo dia, por estranha e simbólica coincidência, da Estância Boêmia de Santa Itararé das Artes, sudoeste do estado de São Paulo, divisa com o Paraná, minha aldeia natal, ligou-me a minha esposa, que eu brincando de atentar chamo musa-vítima, e que me disse ter recebido e estar com certa estranha temeridade em seu poder, um embrulho com destino à minha pessoa, de remetente desconhecido, com um inédito Código TS.

Uma remessa inusitada que autorizei a abrir, e em cujo interior estava um caixa de papelão de maçãs argentinas, com dezenas de fitas-cassetes, algumas fitas de vídeo, encardidos álbuns de fotos e cópias de documentos oficiais com ceroto, um calhamaço, tudo isso mais uma carta pessoal e direta, sob condinome Beija-Flor, enviada para mim, e que depois saquei pelo mesmo tal elemento que tinha sido morto. Estranhei a coincidência.

-Preocupado, mal fiz o bendito Congresso de Poesia, pedi que a minha mulher escondesse o material, não comentasse nada com ninguém, saísse da cidade, e quando voltei para Itararé, me sentindo seguido, nem fui direto para casa. Depois ganhei o endereço periférico-rural de minha mãe, e por lá fiquei entocado, enquanto minha esposa a título de visitar parentes na praia, tinha ido para o litoral sul paulista.

-Quando, finalmente, de madrugada, sentindo-me então ocasionalmente mais seguro, por assim dizer, saí na moita da casa materna, e serelepe lá me fui sondando riscos atrás do pacote. E me surpreendi, confesso.

O dito marginal, na verdade sofrera uma falsa montagem de crime para ser pego em flagrante, revidar, ser eliminado, queima de arquivo, essas coisas. Fizeram uma campana, montaram um teatro operacional todo, e ele, certamente para defender alguém ou alguma coisa, um antro, uma arapongagem, reagira e morrera. Fizeram embustes trágicos assim também com JK, com Jango, bem ao estilo e modus operandi do fascismo da extrema-direita do Brasil. Lula se eleito, que se cuide.

Os diálogos secos ou hilários vão remontados aqui, curto e grosso, na medida do possível. Grosso modo, a compreensão é dos leitores. Os ratos abandonam o navio pirata quando ele vai afundar?

-A propósito, lembrei-me de um poemeto antigo, em que digo que "Os ratos abandonam o lugar/Quando os retratos oficiais começam a desbotar...". Seria isso?

-Que cada um capte o que puder, entenda como lhe servir de proveito. Bertod Brecht dizia que o pior ignorante é o ignorante político. Eu só escrevo, remonto, acrescento sentido aqui e ali, na medida do possível. A imaginação pode mais do que o conhecimento, disse alguém. Pelo pouco que tentei investigar – e fui contestado, vigiado de perto, quase que arrumaram um falso "flagrante" para mim também - enfim, fui de forma tácita instado a não mexer em águas paradas do Palácio do Planalto, porque elas fedem, estão sujas. Os tais podres poderes que Caetano Veloso bem cantou.

-O que finalmente captei, aqui está, em forma de um modesto, digamos, romance-depoimento, ou inventário de documentário, se chega a ser tanto.

-O leitor com certeza vai saber entender o que o arrazoado oficial montado propositadamente escondeu. A pequena nota do jornal, fala de uma vítima. Mas a verdade é outra. Em suma, até a verdade estão maquiando nesses tempos tenebrosos. O saudoso teatrólogo Oduvaldo Vianna Filho, dizia que nesse país todos podem ser corruptos e ladrões, só não se pode dizer que são. Deve ser isso.

O Autor

Estância Boêmia de Santa Itararé das Artes-SP/Brasil/América do Sol, Quintal da Rica América das Estrelas Vermelhas de Sangue

TROMBADINHA É A FOME

Pichado num muro em Sampa/Capital

– *"Sulamérica da África latina em pó..." (Caetanear, por que não?)*

E de Fernando em Fernando, o Brasil foi se ferrando...

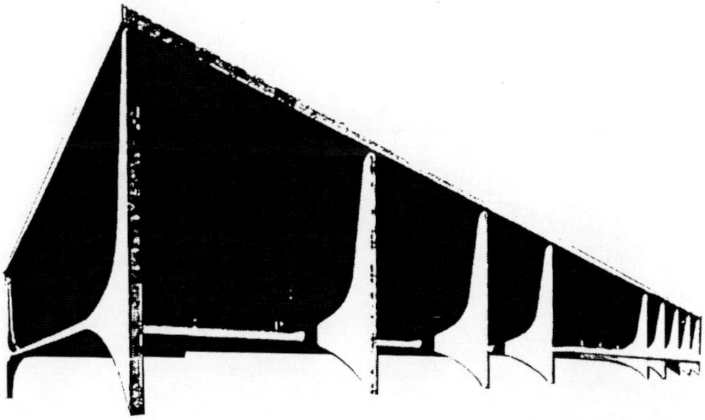

FALANDO SÉRIO:

"Será uma literatura livre porque não será o proveito e a carreira mas a ideia do socialismo e a simpatia com os trabalhadores que recrutarão novas e novas forças para as suas fileiras. Será uma literatura livre porque servirá não uma heroína saciada, não os "dez mil de cima" aborrecidos e sofrendo de obesidade, mas milhões e dezenas de milhões de trabalhadores, que constituem a flor do país, a sua força, o seu futuro. Será uma literatura livre, que fecundará a última palavra do pensamento revolucionário da humanidade com a experiência e o trabalho vivo do proletariado socialista, que criará uma interação constante entre a experiência do passado (o socialismo científico, que concluiu o desenvolvimento do socialismo desde as suas formas primitivas, utópicas e a experiência do presente)" -

V. I. Lenin

- Amigos meus e parentes assustados me escrevem preocupados: Você é louco, cara, formatar um livro a partir de um documento apócrifo desse! Não vai ter coragem de enviar pruma editora do Brasil, vai? E rotulam. Obra suspeita, contraditória, polêmica, provocadora – e anarquista. Insurgente. Puxa, pensei, com um handicap desses entre amigos (leitores-cobaias e leitores Betas) vai ser difícil sair ileso, isto é, sem mandar pruma editora de quilate mas não morde.

Afinal, dizem, o Brasil não é para ser levado a ferro e fogo, em que pese o povo está sempre levando ferro, quando não estão todos sempre piradíssimos, de fogo. Mas provocam: o Brasil, não é para ser levado a sério. E justificam, eles lá: se o nosso nome veio da palavra Pau-Brasil, por que nós somos só Brasil, e não a palavra composta inteira, ou, pior, a primeira parte da palavra. Tem tudo a ver conosco, dizem eles. Eles são hilários que só vendo. Alguns apostam algumas fichas em mim. Mas prometem levar-me cigarro na cadeia, mesmo quando sabem que eu não fumo.

E depois, tem tanto ladrão solto nesse Carandiru a céu aberto que, com certeza, num futuro bem próximo, as cadeias serão os lugares mais seguros que teremos. Sem gastar nada, só subornando as competentes autoridades incompetentes. E olha que tem cadeia de segurança máxima aí, último tipo, com líderes comandando crimes lá de dentro, via central telefônica, via advogados, via agentes penitenciários, via celulares, tudo muito seguro, numa boa, na moral, salve geral, tá dominado. Pois até eles, os bandidos, têm medo dos ladrões de colarinho branco, máfias e quadrilhas brasileiríssimas desde 1500, das capitanias hereditárias. Eu, por mim, só escrevi um arrazoado, e salpiquei pimenta nos conformes.

Que cada um entenda o que quiser. Afinal, sei que o Brasil tem futuro. Basta ver o numero de cheques pré-datados sendo "assustados na praça". E depois, político inteligente foi o Ulisses Guimarães, que nunca desejou muito e com total firmeza ser presidente e, na dele, claro, numa genial sacada fez o certo: sumiu sem deixar vestígios. Os outros estão aí, todos garbosos, impunes, com impressões digitais em tantas caixas pretas de variados caixas dois, roubando o imposto de renda (só SP rouba 100 bilhões por ano), rindo de nossa cara de eleitores otários, pensando em voltar nos braços do povo, fazendo terrorismo com sucessores, com medo de serem desmascarados pela história, tentando desqualificar os eventuais candidatos a denunciadores, mais boatos, delações e felações premiadas, mentiras fakes e denúncias vazias.

Eu só escrevo, claro, como chope. Vocês entendam o que quiserem. E quem quiser que conte outra. Afinal, todos têm o direito de ser idiotas, mais alguns são menos idiotas do que a maioria dos cândidos carneiros tosquiados nesse pindorama de cegos guiando cegos. Nada a ver, portanto. Aqui, tudo a ler.

"O BRASIL NÃO É UM PAÍS SÉRIO"

(Charles De Gaulle)

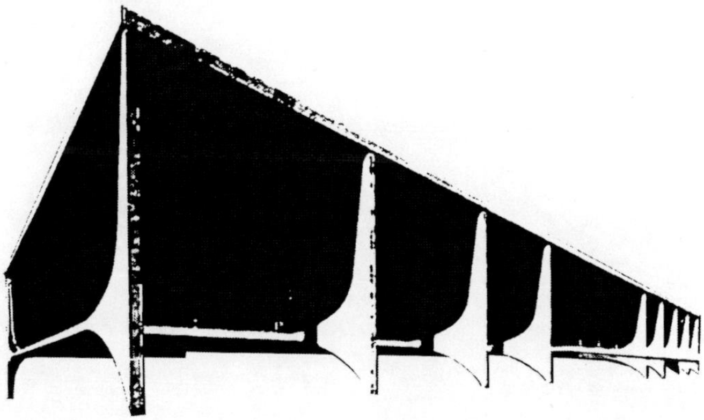

CAPÍTULO ONZE

(O único capítulo que foi possível ser revelado na medida do crível)

PARTE UM – TOP SECRET

-Senhor Presidente?

-Sim, Poeta Severino?

-Um novo embrulho da chamada Rota Código TS foi entregue. Chegou indagorinha.

-Noossa! Outra vez hoje, cara? Que disgrameira. A coisa tá preta. Vamos ver isso. Preciso dar uns telefonemas no número secreto. É hoje!

-O sr. vai ler tudo agora mesmo, conferir, auditar, dar um visto; quer que eu abra o pacote, ou deixo no arquivo de sempre?

-Não, menino. Deixa pra lá. Não tô muito a fim. Não sei se é o momento de pegar no breu. Ando meio jururu.

-Gosto quando o Senhor Presidente me chama de Menino. Adoro esse tratamento.

-Ara. Imagine. Pode deixar aí em cima da mesa oval. Isso não tem nenhuma prioridade nesse momento. Pelo menos por enquanto.

-Não tem algum eventual risco das Secretárias, a Inxerida e a Biscate, sondarem de través? Sabe que a Cacilda é um pé no...

-Eu as dispensei mais cedo, hoje é sexta-feira, não se lembra? Tá no mundo da Lua, Severino?

-Ora, é claro. Ando mesmo meio enluado. Deve ser minha labirintite ou alguma prestação vencida no cartório da vaidade, algum boleto esquecido...

-Fique tranquilo. Pode ir embora também...

-Claro. Sei. O sr. tem um encontro, um causo hoje à noite aqui no palácio, né mesmo?

-Poeta Severino, olhe a boca, olhe os microfones ocultos; olha a indiscrição. Seja discreto, amigo. Que papo aranha é esse. Quer dar com a língua nos dentes, é? Tem cabimento?

-Sei, desculpe. Estamos em final de mandato, e aquele seu candidato careca e pestanudo não deslanchou nas pesquisas, hein Pai Patrão?

-Gosto quando você me chama assim. Me faz um bem danado. Você nem imagina o quanto. Bom rapaz.

-Posso ir então? São quase sete e meia e a "Ela" está para chegar novamente disfarçada de...

-Chiu, menino. Feche essa matraca. Tiau. Vá, vá logo. Pule fora. Sebo nas canelas.

-Posso levar o jipe chapa fria de seu filho que está ali na garagem? Posso?

-Claro. Bom final de semana. Passar bem. Se cuide.

-Pro sr também, Senhor Presidente. Bom divertimento.

-Ah, espere, por favor, diga-me, deixou a receita no doutor?

-Claro, a "Ela" ficou de pegar o Viagra lá...

-Severino?

(Fim do primeiro ato – Outros se seguem – As aparências esganam)

Há mais coisas entre o céu e a terra em Brasília, do que compreende a nossa vã filosofia.

(Parafraseando William Shakespeare)

PARTE DOIS

-Bom Dia Senhor Presidente! O sr. está chique hoje, cheirando alfazema ou coisa assim, perfume francês?

-Olá Severino, como vão as coisas, tô muito atrasado?

-Ora, o sr. não tem horário para cumprir, cartão de ponto para bater, qualquer hora é hora, todos acreditam no sr. porque o sr. manda e pronto. O sr. tá por cima da carne seca.

-Ora, não é bem assim, mas, afinal, algum problema, ALGUMA NOVIDADE? Daquilo lá...

-Começamos mal hoje, nessa baita segunda-feira. Começamos muito mal! Benza-Deus!

-Xi, não gosto quando você já me vem cedo assim, desacorçoado. O que tá pegando?

-Cedo?

-Bem, Poeta Severino, você me entende. Você entendeu, não é? Quantos abacaxis de ilegalidades consentidas são hoje? O entregador de merda veio?

-Bem, já de manhã quando eu cheguei, tinha dois embrulhos, agora deve ter uns seis. E sinto que lá vem mais porrada. Deusolivre!

-Aquele Ministro boca mole parece que deu com a língua nos dentes, hein? Ou será o mineiro moleque Aécio Neves redistribuindo favores a torto e a direito? Vá se saber o que eles têm de cocô na cabeça. Essa turma toda é barra pesada. Será o impossível?

-Como o sr. sabe? Como o sr. sabe?

-Bem, tenho meus canais de informação além de você, meu fofoqueiro de gabinete em cargo de faxineiro-marajá altamente remunerado, mas também ouvi no rádio do motel, quero dizer...

-Quer que eu coloque em cima de sua mesa de reuniões, perto da escrivaninha? Ou deixo lá na prateleira embutida atrás da cozinha clandestina?

-Sim. E traga-me uma aspirina que tô com enxaqueca e desarranjo na flora intestinal.

-Noossa, que bonito isso de flora, hein?

-Caganeira, Severino. Rico também caga... Traga meu laptop. Tá no carro oficial. O de chapa quente.

-O sr. tá maleixo. Ouvi dizer que Viagra dá diarreia das esparramadas. É um desboque só, com fuzilos e tudo mais de esparramos, uma arrombada peidação cascuda.

-Severino, vá logo buscar meu notbook. Vá, não se intrometa tanto, não fêda! Não seja inconveniente, pelo menos não agora que estou numa pior, não quero nhen nhen nhen, mimimi... essas coisas... e depois, segundo o Amaury Jr, rico não peida, solta flatulências... hihihi...

PARTE TRÊS

-Me mande o Severino aqui, Dona Candinha. Depressa, por favor. Ficou pronto aquele relatório para o partido?

-Sim. O Assessor do Aníbal ligou, e há uma ameaça de bomba que o Aparelho Ond-3 D detectou como se do Sindicato dos Autores de Teatro de Alcoólatras.

-Nem te ligue. Lá só tem ruim do juízo mesmo. Obrigado. Depois dou os retornos necessários. Traga a minha agenda. Marque o dentista carioca para a sexta-feira. Vou com a comitiva oficial toda. Faça as reservas de praxe. E me informe quando o Xisto chegar.

-Severino companheiro, tamos ferrados. Tamos fu-di-dos!

-Como assim Pai Patrão? Como assim? Não captei?

-Gosto que me chame assim. Quando pedi para você, de vez em quando usar esse termo, nem pensei direito o quanto me faria bem, você sabe, tenho um pé na cozinha, sou acessível, sou um intelectual com trânsito internacional.

-Alguns samongas dizem que o sr. também tem um pé no armário quando não é um pé no saco.

-Tão chutando. Coisa desses veados jornalistas...

-Aliás, dizem que o sr. tem um pé na Embaixada da Espanha também. É verdade?

-Ah, isso é ótimo. Têm medo do Lula e me querem como ocasional peça de reposição no caso de um indecoro ou quebra institucional... Depois, vou querer mesmo um cargo de Senador Vitalício, com impunidade, você sabe, o PT não perdoa ninguém, ferra todo mundo, até os manés ou incautos do próprio meio. Êta partidinho birrento. Onde já se viu?

-Gosto quando o sr. fala bonito. É sinal que tá pra engabelar mais um alguém, um partido, um grupo, uns feudos, uns estrangeiros emboabas, como o sr. diz cá entre nós... Sinal de que o sr. tá planejando alguma coisa. Quem tem cu, têm medo, Senhor Presidente, se me permite a libertinagem.

-Você tá ficando inteligente aqui de serviçal perto de mim, hein, Poeta Severino. Mas não abuse de saber o que é perigoso... tenha lá seus modos. Mantenha a humildade também, não fira a etiqueta protocolar de praxe.

-Gosto quando o sr. me chama de Poeta. "Ética..." o quê? Colo de quem colar?

-Ué, então não foi você que pediu, numa troca de pensamento único, de chamar-lhe por um desejo de coisa que você queria ser?

-Pois não é que é? O sr. quer que eu faça alguma coisa?

-Me ajude a carregar com essa merda empacotada toda. Só essas aqui, por ora. Cuidado.

-Essa Pasta Rosa? Ou essa Verde? Ou essa azul? As cores têm um sentido emergencial ou de segurança máxima?

-Sim, queime essa merda toda. Já tô sabendo tudinho, vou mexer os pauzinhos, mover umas verbas do erário público aí, tudo vai ficar como mera denúncia requentada... O Congresso é meu e o boi não lambe. O judiciário tá no bolso... Tá amarradinho nas minhas mãos... Eu mereço. Depois falo com meu querido e marionete engavetador particular... o procurador cabeça de bagre, chamado de cu de veludo...

-Mas a revista Caros Amigos mandou um release ou coisa assim, parece que exigem uma resposta pra um boato, retratação, sei lá.

-Você tá ficando chique, falando bonito, hein Severino?

-Pois é. As boas companhias como o Senhor Presidente. Bendita hora aquela que seus amigos Jáder e Toninho Malvadeza, segundo o sr. alegou em meu propósito, referenciaram a minha indicação para Faxineiro Oficial aqui no seu gabinete, com apoio do Luís Estevão e o aval do João Alves, o Anão do Orçamento, e com apoio de um tal Paulo Preto de SP. Ninguém merece.

-Nem me fale neles, Severino. Nem me fale. Tenho até urticária. Ui! Fico até com um parafuso solto...

-Ainda bem que o salário é de marajá...

-Eu é que ganho mal, Severino. Muito mal, aliás. Uma porcaria, a bem dizer. Deveria ganhar o triplo. Tenho currículo. Deveria estar na ONU, ser Presidente sim, dos Estados Unidos. Vou aproveitar e viajar bastante, pra valer o desgaste.

-Por que o sr. não se aumenta, o sr. pode tudo?

-A imprensa marrom fede, caro amigo. Vão gritar, cutucar onça com vara curta, descobrir uma amante, de novo, já chega aquela... Que merda fiz... Deveria ter usado preservativo sabor coke. Já chega aquele babaquara diretor da revista Exame que me subornou por me pegar saindo de um motel com a... Bem, você sabe, tive que mandar a minha pedaçuda joia grávida depressinha pro exterior, antes que sacassem qual é o lance dela.

-Olha a boca, sr. presidente. Olha a boca. Pode ter escuta...

-Ai Severino, não sei o que faria sem você aqui. Eu e meu Ego. Você é meu ID, sabia?

-Ide pra onde, Senhor Presidente?.

-Você não entenderia, meu querido faxineiro...

-Ora, eu não entendo uma hora, outra hora tenho que varrer o lixo para debaixo dos tapetes palaciais, nas épocas de vacas magras ainda tenho que assumir B.O. de fuga feito bêbado em acidente na saída do Motel, outras vezes tenho que ir pessoalmente levar grana para bicudos inconvenientes...

-Você andou lendo a Bíblia de novo, irmão Severino?

-Que nada. Andei mesmo é lendo aquela revistinha Play-Bóy de letras esquisitas que o sr. ganhou de uma modelo da Rússia, que tava na capa.

-Severino.

-Sim sr? Às ordens.

-Não sei o que seria de você. A sua companhia me apraz. Gosto de sentir o cheiro do povo.

-Não fui eu, presidente. Faz tempo que não peido. Ando meio empachado, com o intestino preso, deve ser a secretária Biscate ou a pedaçuda da Inxerida.

-Você também não gosta delas, não é? Essas encalhadas... precisam ser amadas. Têm que terceirizar o afeto e a genitália carecida.

-Nem o sr. as tolera. Mas elas são concursadas, efetivas, né? Por isso são intocáveis...

-Isso nos uniu. Pelo menos o ódio em comum nos ata.

-Mas os sr. deu uma sarrafiada numa delas, né não? Umas chineladas no torresminho delazinhas, hein?

-Pegue leve, rapaz. Segure o tchan. Fala baixo. Não seja despachado.

-O sr. que precisa sossegar o facho. Cuidado que Viagra faz mal pros nervos, pro coração. Ainda bem que a Primeira Dama só é sua esposa de fachada. Mas ela tem amigos no PT e na CUT; e é sabida...

-Ainda bem, Poeta Severino, ainda bem. Aquela turquinha é bananeira que já deu goiaba.

-Como?

-Deixa pra lá. Você nunca foi mesmo de entender trocadilhos

-Trocar o quê, sr. presidente?

-Leve essa merda pro incinerador do sub-solo, Severino. Queime tudo. Vá, vá! Quero ficar sozinho. O poder me dá tédio ás vezes. Ai que preguiça!

PARTE QUATRO

-Senhor Presidente? Psiu, Presidente, ei, chiu!

-Aqui não, homem de Deus. Não vê que a repórter da Rede Globo tá filmando, saia, vá. Caia fora, cara pálida.

-O sr. mandou eu não falhar nunca, quando o Turco ligasse do exterior pro seu gabinete.

-Caia fora, peste, os jornalistas podem desconfiar, você sabe, são todos comunistas metidos a sebo.

-O sr. conhece o Presidente, seu moço?

-Claro. Vi ele num programa social. Ele também foi lá na minha região, distribuir um monte de lote de terra pros sem nada...

-Ah, pensamos que era outra coisa.

-Comigo?

-Claro. O sr. um homem simples do povo, ali perto da rampa, enfiado no meio dos Dragões da Independência, puxando papo com o homem... numa intimidade sem nexo...

-Dragões? Pois eu só vi foi veados, ratazanas, porcos verdes e um monte de hienas e outros bichos.

-Deve ter bebido o coió, Sandra.

-Deve ser mesmo, Jânio. Com esse linguajar popularesco de estrupício, deve ser algum matuto querendo só aparecer na fita ou na foto semanal. Como é que passou na revista? Nesse fim de mundo tem de tudo mesmo.

-Lá vai ele. Tranqueira.

-Cara de pau. Querendo aparecer.

-Vamos enviar a matéria.

-A minha é para o Jornal da Noite e a sua?

-Nem sei direito. Eles cortam muito. Montam os disparates. Escondem os podres para negociar verbas altíssimas. Têm verba oficial para receber, não vão muito na fiúza com minhas críticas ao pacote sórdido.

-Faça como eu, pegue leve, vá de conforme a onda, não fique de tromba. Eles comem na mão dos nossos patrões...

-Não sei ser jornalista de colarinho branco.

-Sorte do nosso amigo Alberto Dines que gosta de gente como você, avis rara.

-Boa noite.

-Até.

PARTE CINCO

-Vai viajar de novo, Senhor Presidente? Que gostoso esse desfrute, hein?

-Vou dar uma escapada desse inferno que é Brasília. Só por Deus! Vou pegar aquela mala de minha ex-esposa atual, e dar uma fugidinha que eu não sou de ferro, preciso de ares europeus no meu insarado psicossomático... Beber champanhe, comer escargot, visitar o Louvre...

-Quer que eu vá de novo com o sr. para dar uma ajudazinha quando o sr. quiser fazer das suas? Aliás, que engraçado o sr um ateu falando em Deus...

-Olha a boca Severino. Fique de butuca. Ex-ateu. Ex-comunista. E só sociólogo de carteirinha nas horas vagas... Desta feita não, vou tentar ser prudente. O duro é ter que aguentar o Sucatão.

-Tô ligado. O sr. sabe que eu sonhei que o sr. estava numa prisão junto com o Menen da Argentina?

-Nem me fale, Severino. Arre! Vade retro. Chispa! Putamerda! Seus sonhos, como daquela primeira vez, parecem o prenúncio do Hades. Deus me livre! Tenho que pensar numa maneira de engessar o tribunal superior, nomear amigos do alheio, vaquinhas de presépio. Você caiu do céu com uma idéia de jerico dessas. Parece de encomenda.

-O sr. começou a falar bonito de novo.

-Claro, meu amigo, se eu não fosse bom de lábia, como ia engabelar todo mundo? E depois de usar meus arranjos, saco logo uma renca de cópias dos documentos contendo os podres deles todos, para quando precisar usar para pressionar e...

-Como fez com o ACM, o Jáder, aquele ex-ministro, aquele...

-Olha a boca, Severino. Toma a tua linha.

-Deus que ataie.

-Sabe o que eu queria ser, se não fosse Presidente?

-Nem imagino, ara. O sr. pelo jeito queria ser Deus, né não?

-Não seja irônico fora de propósito. Não sei porque e nem se Freud explica, ou Jung... ou Lacan... ou Darwin, mas gostaria de sair pelo mundo construindo Cercas e mais Cercas, de todos os tipos e tamanhos, de arame, de ferro, bran-

quinhas, quadradas, verdes, de alumínio, eletrônicas, de fumaça, invisíveis. É um sonho meio pesadelo, que me vai e me vem, vez em quando, parecendo uma toleima, um cisma, meio que um pesadelo maleixo, uma metáfora, uma figura de linguagem imagética...

-O meu sonho ruim Pai Patrão, é que estou numa baita festa no exterior, de fraque, cartola, terno e gravata, bonito, coisa e tal, e de repente me vejo descalço, pés nus, escondendo-os, com vergonha, embaixo de uma mesa enorme de mármore de Carrara, sob uma toalha chique de seda asiática, um tapete de luxo do Iraque, um móvel qualquer...

-Hum. É de se pensar... Curioso. Nem me lembrava mais de que pobre também sonha.

-O sr tem alguma viagem impossível, que gostaria de fazer? Uma daquelas, de arrebentar...

-Claro, claro. Parece uma piada, ou uma loucura. Gostaria de estar com Jesus na quarentena do deserto, sendo testado pelo diabo e sua tropa do abismo. Gostaria de presenciar o forfé. Deve ter sido uma dialética e tanto de lado a lado. Já pensou que demais? Ah minha masturbação sociológica..

-Mas o sr. não é ateu? O sr. não acreditava mais no comunismo do que em Deus? E o tal Marques?

-Ora, Severino, não vá na conversa fiada dos outros. Eu sou eu e as minhas circunstancias. Sou o que quero, quando quero, para uso e sedução. O tiro certo, na hora certa. Tudo a seu tempo, para se colher maduro. Sapecou essa guanxumada filosofal de almanaque?

-O sr. pediu para esquecerem o que o sr. falou, pensou e escreveu. Pediu ou não pediu?

-E você acha que eu seria o que sou, se me mantivesse sendo verdadeiramente o que era? Tenho peito. Cara e coragem.

-Como assim? Como assim?

-Quero o meu nome inscrito na sagrada história oficial, custe o que custar, Severino. Sabe, o Primeiro Lugar, o podium. Aos derrotados, as batatas. Líder da oposição é só mais um, Presidente é o máximo, trancham, como se dizia antigamente... De zé ninguém frustrado e rastaquaras, borra-botas, o inferno está cheio.

-Então quer dizer...

-Quer dizer nada, Severino. Não vá na onda. Querer é poder. Não importa o estilo, os motivos, os métodos, as irrazões e esquinas, as errações de máfias e quadrilhas de bastidores palaciais. Cheguei a presidente porque sou maquiavélico, sei fazer meus arremates, valer-me até de inimigos para compor quadros, situações e tirar vantagem de tudo... Esse é o meu capital, meu modus operandi, esse é o meu bravo estilo, sempre fui levado da breca em artimanhas, passo a perna no Maquiavel...no Rasputin O estilo faz o homem, propicia o momento, rende um bocado. Funda vantagens. Gera lucros.

-Lá vem o sr. falando bonito de novo.

-E você Severino, me diga lá, tem alguma viagem que você adoraria empreitar?

-Claro, Senhor Presidente, gostaria de conhecer a Índia, para ver e crer como aquele monte de gente morrendo de fome, mal lambidos e pardos-secos, adoram as vacas que cagam entre eles e eles se sentem abençoados... E eles não podem nem churrasquear elas...

-Ah Severino, não fosse você para humanizar esse antro, colorir minha vida em preto e branco, colocar um pouco de humor puro na minha ironia vaidosa de sociólogo renegado pela turba...

-O sr. tem algum homem ideal, Seu Presidente?

-O Collor é uma figura e tanto! É mesmo. Que presença, puta-que-o-pariu!.

-Onde já se viu, Senhor Presidente? Tem cabimento?

-Pois é. Roubou pouco porque não tinha partido... não tinha vida pregressa. São Paulo é uma escola. Tem que dividir para manter o grupelho no poder, o aparelho de corrupção financiando nosso pré-mercantilismo, como diz o Zé Ermírio de Moraes..

-Pré o quê? Não acredito que esteja ouvindo essa confissão do sr.

-Nada, Severino. Sirva o chá chinês. Pouco açúcar, isso, bom, deu, gracias... thanks... Não quero ficar impotente por causa dessa minha maldita diabetes precoce.

-Você já imaginou um símbolo que represente a minha pessoa, Severino?

-Acho o sr. um, por assim dizer, desculpe, um Sergio Motta camuflado, dissimulado...

-Como assim? Não entendi a metáfora?

-Que meta o quê, Seu Presidente. O sr. parece um trator...

-Que nada, Poeta Severino, eu me vejo como um Satélite da NASA!

-Bem, o sr. é quem manda, o sr. se vê no que quiser, eu sou só um faxineiro marajá, que está aqui de seu serviçal e meio confidente e...

-O que você acha de homem com homem, Severino?

-Deusolivre. Credo em cruz. Aquela lei louca que o sr aprovou e em quem os crentes e os padres agora pedófilos desceram o sarrafo?

-Isso, isso! Tudo a ver. Você é realmente engraçado! Hi Hi Hi.

-Eu sou macho Senhor Presidente. Que conversa é essa agora, sô? Macho com agá.

-Ora Severino, toda experiência é válida, tem o seu lado bom, o seu lado humano e sensível...

-Tô fora. Fui. Hasta la vista Baby...

-Não seja ingênuo, discriminando, homofóbico...

-Eu, hein, Rosa?

-Você não foi de experimentar muita coisa diferente, não é Severino? É do rotineiro e cotidiano arroz e feijão, couve, chuchu, farinha e coco, mamãe-papai...

-Não preciso me atirar do prédio para saber que vou me esborrachar lá embaixo, independente da sensação de voos por segundos.

-Tá, sei. Vou nessa.

-Nem preciso tentar segurar um caminhão na banguela, para sentir a experiência de tentar querer ser um Super Homem e vestir a cueca por fora da calça.

-Você é tão puro, Severino. Pobre menino. Boa gente.

-Mal-e-mal.

-Você faz tempo que não me conta uma piada, Severino.

-O sr. que depois do golpe financeiro da reeleição vivia cerrindo sozinho, por atacado, deu que agora tá azedando a polenta por causa desses carniceiros do PT a lhe sondarem as sujeiras ao derredor.

-De vez em quando até que você apruma bem as falas, Severino. Você vai longe, meu jovem.

-Tô aprendendo, tô levando, um dia sou promovido, deixo de ser Faxineiro de Gabinete para ser Motorista de Madama de Político aqui de Brasília?

-Ganhar mais do que os seus três mil e tanto que fatura aqui?

-Uns cinquenta por cento acima, mais caixinha, quando não uns afagos e refregas íntimas das donas posudas e solitárias, quando não corneadas, ou vivendo com impotentes, quando não algum politiquinho do chamado meio sexo.

-Severino, não seja fofoqueiro, indiscreto ou discriminador, seu...

-Foi o sr. que puxou a conversa afiada, diz que gosta de prosear comigo pra saber a verdadeira voz das ruas, a voz do povão.

-É. faz sentido. Mas às vezes você é cheio de nhenhenhen...

-Aprendi com o sr. O sr. é craque nisso.

-Afinal, Severino, o que as ruas dizem do sucesso do Plano Real? Conta, vá, quero saber, estou doidinho pra ouvir.

-Nem queira saber. Chê. Se é um sucesso com tanto desemprego, milhões de desempregados; tanta miséria, tanta violência... imagina se não fosse um sucesso, oxente, caramba! MILHÕES de desempregados.

-Você andou lendo o Pasquim de novo, Severino? Ou a Revista Caros Amigos? Você agora anda em má companhia, é?

-Aquele meu parente distante, que se casou com uma prima minha, aquele poeta de Itararé é quem diz sempre de uma tal corrupção endêmica, que a corrupção financia o Brasil, que o sr. é farinha do mesmo saco que os milicos, maria vai com as outras e um monte de barbaridades mais.

-Chega Severino.

-Desculpe, Seu Presidente. Nada pessoal. Não quis ofender.

-Nada não, amigo. É só o tédio, a rotina. Adoro ser criticado, estar na crista da onda, mas ataques requentados não...

-Só pra saber, o sr. vai partir quando?

-Amanhã ou depois. Mas pode ficar. Tive umas férias, vá pra Crato... Peça pro Brigadeiro conseguir uma passagem pra você, ou ver se há algum teco-teco na rota.

-Obrigado. O sr. é muito legal comigo. Deus lhe pague!

-Não tem de que, imagine só. Mas, me diga lá o seu bendito ídolo?

-Lampião, Senhor Presidente!

-Noossa Severino, como você está brega, quadrado, piegas, demodê!

-De o quê, sr. Presidente?

-Deixa pra lá. E a anedota? Preciso me descontrair um pouco. Conte umas piadas, vá lá, sobre minzinho, claro, que sou fogo na canjica, vamos, vamos...

PARTE SEIS

Piadas

FHC e o Vidente

FHC vai a um vidente famoso e pergunta a ele o que ele vê em seu futuro.

O vidente se concentra, faz pose, fecha os olhos e fala de supetão:

- Vejo o senhor passando em uma avenida em São Paulo, em carro aberto e uma multidão acenando, acenando...

FHC sorri e pergunta :

- Essa multidão está feliz ?

- Sim, muito feliz como nunca, Seu FHC, muito mais feliz do que quando o sr implantou o famoso Plano Real!

- Eles estão correndo atrás do carro, atrás de mim?

- Sim, por toda a volta do carro do bombeiros. Os batedores estão tendo dificuldades em abrir caminho entre a multidão histérica.

- Puxa, eles carregam bandeiras?

- Sim, bandeiras do Brasil, e faixas com palavras de esperança e de um possível futuro em breve melhor, muito melhor, transparentemente melhor...

- Eles gritam, cantam?

- Sim, gritam frases de esperança "Agora sim !! Agora tá limpo! Agora vale o sonho! Agora vai melhorar !!!"

- E eu estou acenando de volta para toda essa gente feliz ?

- Não, Seu FHC.

- E por que não ?

- Porque o caixão está lacrado ...

-0-

As mães de FHC, do Bush e do Puttin conversam sobre a infância de seus filhos:

A mãe de Bush disse:

"Sabe, quando o George nasceu, no Texas, época carente, eu não pude amamentá-lo. Ele então foi amamentado com leite de búfala. Por isso é que ele é assim, impetuoso e determinado."

A mãe de Puttin disse:

"Também não pude amamentar o Puttin, numa época de miserê geral na Rússia, e tive que amamentá-lo com leite de uma ursa siberiana. Por isso ele é assim, raivoso, imprevisível e violento."

A mãe de FHC retruca na bucha:

"Eu também não tive leite, os peites secaram nas mamas pétreas, mas, como o filhinho era muito frouxo alimentei-o om leite de magnésia.

Por isso é que ele é assim um cagão e só faz merda."

-0-

FHC discursava para milhares de pessoas, quando de repente aparece Jesus Cristo baixando lentamente do céu.

Quando chega ao lado de FHC, lhe diz algo ao ouvido. Então FHC, metido como ele só, dirigindo-se à multidão, diz:

- Atenção negada! O mito Jesus Cristo aqui quer dizer umas palavras para vocês.

Jesus pega o microfone e diz:

- Povo brasileiro, este homem que não lhes deu o pão do conhecimento, não fez nenhuma universidade, mas lhes deu o vinho da dor, da miséria e do desemprego, numa santa ceia de lazarentos, não foi?

O povo responde:

- Sim!

- Não é verdade que, ao contrário de mim, que multipliquei pães e peixes para dar de comer a todos, este homem inventou a miséria neoliberal em que morria muita gente de fome por dia, sem que pudessem se alimentar?

- Sim! - respondeu o povão.

- Não é verdade que não lhes assegurou tratamento médico, roubando toda a grana do imposto pras Santas Casas que criou, o CPMF, que desviou tudinho, pouco se lixando para a cura de enfermos?

O povo grita:

- Sim!

- Pois ele não foi traído por parte de companheiros de partido, baseado em São Paulo, assim como eu fui traído por Judas?

O povo então gritou ainda mais forte:

- Sim!

- Então, responde o Rabi, o que vocês estão esperando para crucificar o FDP?

PARTE SETE

-Quero que você vá fazer uma entrega pessoal, Severino. Condição especial, segurança zero.

-Um embrulho? A mesma rota? De novo o pepino? Ai meu São Francisquinho de passarinho na mão...

-Sim, mais um pacote de merda. Você é o entregador cabritado. Dessa vez é praquele General, você sabe... O que da última vez deu um salamaleque na Câmara dos Deputados. O Roliço, sabe qual é?

-Sei. Ele vai dar um fim em tudo, depois vai dar no pira pras Ilhas Cayami, é isso?

-Severino, você tá sabendo muito, tá sendo indelicado, pode ficar perigoso, o peixe morre pela boca, você sabe.

-Ara, Senhor Presidente, eu não sou Pirarucu.

-Bem, Severino. Depois leve a Pasta Verde pro gabinete do Renato. Tem um envelope aí, com o dizer Top Secret. Entregue prele. Volte logo. Fico a vontade perto de você, cargo de confiança é isso, afinal.

-Aquele que tem sobrancelha feito pelego, igual tapete tabacow, igual ao da Malu Mader? Aquele do arranjo financeiro pras escolas privadas de amigos do alheio?

-Prefiro a da Malu Mader em pelo.

-Eu também, sô, claro, né?

-Pode ir. Preciso dar uns telefonemas, e é bom você não estar por perto nessas horas sujas, telúricas. Roupa suja se lava em braile. Não se atrase, vá.

-Não sou indiscreto lá fora, Pai Patrão. Sou até meio tímido.

-Sei filho, sei. Gosto quando você me chama assim.

-O sr tá chorando?

-Nada não, acho que é "dordólho", um terçol, sei lá. Ou alergia a mofo palacial. Esses tapetes do tempo da onça.

-Bem, já vou me indo, tétrodia. Fui.

-Boa tarde, Poeta Severino.

-Gosto quando o sr. se refere à mim assim. Tiau.

PARTE OITO

-Você pode me chamar um taxi, Severino? Por favor, faça-me essa gentileza.

-Claro, Senhor Presidente. O que quiser. Na moita, né não, como sempre?

-Como sempre, o especial, no mesmo lugar, você sabe direitinho, né? A garagem transversal, perto do pilar oliva neo-clássico...

-Claro, o da placa fria, o chofer de óculos escuros, pançudo, na entrada secreta. Decoro fácil.

-Vai indo muito bem, meu menino. Vai indo muito bem.

-O sr quer usar as minhas roupas outra vez?

-Claro, por favor, tenha a bondade, você pega fácil. Você tem o meu tamanho, meu biorritmo...

-De bio só tenho o meu meio irmão mongoloide, o Bio, o caçula tongo e birrento.

-Não se engrace, Severino. Tô atrasado. Vamos, vamos. Ande logo com isso. Pensa que é fácil manter o arco da promessa retesado nessa fase?

-Fique com a minha roupa, aqui no meu lugar – Só não atenda telefonemas

- Já avisei a secretária que vou tirar uma soneca na sala secreta. Avisei que não quero ser pertubado o resto do expediente.

-Sei, enquanto eu faço pose de que sou o sr. todo posudo ali no gabinete número um, o sr. faz que sou eu e vai cai fora, peidar nágua, galinhar... pegador... tem cabimento? Onde já se viu isso de novo?

-Poeta Severino, olha o linguajar, cara, sou o seu Presidente. Respeito é bom como caldo de galinha. É bom e eu gosto.

-Claro, desculpa, foi maus. Não está mais aqui quem falou.

-Vamos, depressinha, tire essas roupas bregas, de migrante ou homem do povo, você não sabe que foi escolhido por mim, por alguma coisa especial?

-Sei não. Nunca assuntei direitinho assim o motivo. Só cismo, reino.

-Ora, não são pelos seus olhos tristes, né, não, Severino. É que você veste o mesmo número que eu, tem mesmo tamanho, estatura, apesar de uns trinta

anos menos. Melhor escolha, impossível. Até é mesmo meio parecido, tô assuntando isso indagorinha...Tem cabimento? Onde já se viu isso? Pus reparo...

-Achei que o sr. tinha se simpatizado comigo, empatia à primeira vista, só isso, caridade, olho clínico, sei lá...

-É uma longa história, menino. Tudo ao seu tempo. Há uma longa novela, o tempo é o melhor remédio, o melhor juiz, o melhor almanaque.

-Deve ser. O sr. é mesmo cheio de história. E parece até Ave-Maria, cheio de graça. Fazendo suspense, querendo pôr minhocas na minha cabeça também... Deus é mais!

PARTE NOVE

-Severino cante uma cantiga de ninar pra mim, que essa viagem de avião foi uma mixórdia. Tô maleixo. Sobe aqui, desde ali, discurso oficial, revista a tropas, hino nacional, desfile de pelanca e de laquê, e ainda ter que aturar o Sucatão. Mas cante aquela que você fez, a paródia me zoando. É assim que vocês dizem, não? Vamos, vamos, se aprume, não seja cainho.

-Boi, Boi, Boi

Boi da cara preta

Pegue esse doutor

Que faz parte da mutreta.

-Boi, Boi, Boi

Boi da cara branca

Pegue esse doutor

Que adora uma potranca.

-Ché, o homem afinal é bom de cama como dizem. Deita e dorme.

PARTE NOVE

-Então sua pobre mãe nordestina é faxineira também, Severino? Que destino. Parece genético isso, hein? Isso pega...

-De fato e de direito, senhor Presidente. Sem tirar e nem pôr. Como eu, de crachá, pelo menos.

-De vez em quando você fica sapeca de sabido. Tem tutano. Tem culhões. Vai longe. Ainda vai pegar no tranco...

-É que aqui, nesse cargo arrumado, com o sr. que é um intelecta, sou só de registro e prontuário de faxineiro, pois na verdade sou um moleque de recados, um pau mandado, um cavalo do Nhô Bento, um pau pra toda obra, uma mão na roda, um catador de lixo. Fofocam que sou um cavalo de Troia, um Sancho Pança, sabei-me lá o que é isso afinal. Ou coisa assim.

-Você aprende direitinho e depressa. Sabe das coisas. Vai fazer carreira.

-Minha mãe trabalha ainda na mesminha faculdade lá perto do Crato, onde foi usada por um homem garboso, turista visitante cheio de lábia falsa, e depois disso a infeliz abusada me teve, sem encomendar. É faxineira e tá pra se aposentar.

-Então você não conheceu seu pai? Ora essa. Ora essa. Quem diria, hein? Será o impossível?

-Nem quero, vigi, e eu pegasse esse traste vivo, eu cortava os bagos dele. Não sou o Collor mas tenho o saco roxo. Sou meio ruim de pegar no breu. Mas não tô no piloto automático...

-Imagino. Nossa Severino, de vez em quanto você fica selvagem, perde esse seu jeito meio arigó de candango fazendo estágio... de coió sapecado...ui...

-O sr. não sabe que eu fico meio que ruim do juízo, quando me pego a pensar no mal que esse caipora e lazarento fez à minha Maínha?

-Mas se não fosse assim você não existiria, Severino? Veja por esse ângulo, não seja linear, cartesiano.

-Pois ser filho bastardo de um ninguém, de um nada, turista, ou não ter pai, dá na mesma sova de imundícies de palavras. Fico encardido de raiva, da pá virada. Nem me fale.

-Bem, não vamos falar de coisas ruins do passado, abra uma latinha de cerveja pra você, sirva um uísque Cavalo Branco pra mim. Só pra mim. Tá autorizado. Tem uns quitutes importados no freezer. Sirva pra nós. Precisamos baixar o colesterol.

-Sim sr.

-Você tá chorando Severino?

-Nada não, Pai Patrão. É só uma nódoa nos olhos. Temo que seja conjuntivite. Ou alergia a fungos.

PARTE DEZ

-Mas, diga lá, pinchando conversa fiada fora, o que você mais gosta de mim, Severino? Seja honesto. Pode falar francamente. Fique a vontade. Despache.

-A inteligência fora do comum. O sr pega leve, não é sem seca como o Felipão, não é casca grossa como o Romário, tem um lábia que só mesmo vendo pra crer. O céu por testemunha. Dá até nó em pingo dágua que não existe...

-Brigado. Sabe o que eu mais gosto de você?

-Não sôr.

-A sua pureza de princípios. É muito bonito isso. Você é a parte admirável do gado novo.

-Sei. Gado?

-E o que você não gosta de mim, caro amigo, pode falar, vá direto. Fique à vontade. Não tenha medo. Seja autêntico.

-Eu não gosto dessas espécies de saquinhos de chá que o sr. tem embaixo das pálpebras inferiores dos olhos de raposa esperta... Nem dessa boca de sovaco, quero dizer, de caçapa...

-È, preciso fazer uma nova plástica... Mas, por quê você não gosta, diga lá? Você é mesmo uma figura... Que peça!

-Perdoe, mas parecem culpas da alma, que o coração esconde, mas o espírito vaza... varizes do espírito. Hemorroidas nem pensar, não é?

-Nossa, menino, você tá ficando afinado com as palavras. Quem diria hein? Também pudera. Bem, sabe o que eu não gosto de você?

-Nem imagino, com tanta diferença, com tantos problemas que eu tenho, somos paradoxais...

-Eu não gosto do fato de você ser parecido comigo, quando eu tinha essa sua mesma idade. A cara de um e o focinho de outro. Não é assim que dizem os teens?

PARTE ONZE

-Poeta Severino, que galanteio o seu cartão para o meu aniversário! Brigado. Você é jóia mesmo. Que bonito. Foi o único que não esqueceu.

-Que cartão, Senhor Presidente? Não fui eu. O sr. tá mangando comigo?

PARTE DOZE

-Severino, leia para mim esse Relatório 345, que aquele saco de merda do Agente Federal Natan Sakura enviou ontem...

-Não posso, Senhor presidente.

-O que foi, Severino? O que houve? Tá refugando trabalho agora? Eu não acredito. Será o impossível?

-Minha mãe, aquela senhorinha que o sr. viu lá perto da cabine de segurança na entrada número doze, tá precisando ser levada urgente ao médico.

-Ah, aquela é sua mãe?

-O sr. a viu? O sr. a viu?

-De raspão. E olhe lá. En passant.

-Ela tá precisando de uns tratamentos, o Senador Suplicy me conseguiu uma Guia Médica Especial pro Hospital da Base, aquele onde mataram o Tancredo, segundo o sr. me disse... Um tiro de marido traído e fuça cheia de cocaína.

-Parece que a conheço de algum lugar... Ela não me é estranha. Como é que pode? Venho pensando isso...

-É meio difícil, ela nunca esteve aqui. Quer que eu chame o Faxineiro Dois, o Cícero Tochinha, para ajudar?

-Imagine. Depois você lê. Se acalme. Vá cuidar de sua genitora. Boa sorte.

-O sr. não vai querer que a Sandra, a Cacilda, a Candinha ou a Carmem leiam, não é mesmo?

-Tá louco. Não brinque com coisa séria. O pessoal da Folha de São Paulo tem cupinchas aqui entre nós... Essas coisas não podem vazar... Deusolivre. Será o impossível?

PARTE TREZE

-Severino, please, pode vir aqui um minuto?

-Aí no banheiro, Senhor Presidente? Logo aí? Larguei mão.

-Claro, bobinho não seja ridículo, o Dr. Lindauro do convênio me recitou uns supositórios para gases, mas sou meio desajeitado, a idade, sabe como é, e a Primeira Dama não me é de intimidades faz tanto tempo...

-Vou pedir pra Dona Candinha ligar pro Dr. Lindauro vir dar assistência pessoal ao remédio que lhe indicou.

-Esse Severino não é flor que se cheire, desconfiado, parece uma anta...

-Severiiiiiiiino.

PARTE QUATORZE

-O que é que dizem de mim pelos bastidores, nas coxias, Severino? Fale, fale, conte tudo, sem tirar nem pôr. Gosto de saber o que acha de mim o povão.

-Tenho medo. Dizem que a coisa tá preta. Dizem que se fosse na Argentina o sr. estaria fudido e mal pago.

-Não tenha medo, meu guri. O que dizem afinal, as centrais de boatos, as bocas sujas, os bocas do inferno, a esquerda arcaica, a curriola do PT do sapo barbudo como disse o Brizola? O que é que você tanto procura no bolso desse jaleco encardido?

-Tenho uma lista aqui, sobre o que dizem da sua tão maravilhosa gestão pelo sucesso tão grandioso do seu plano; vou ler pro sr. se assuntar melhor, sentado aí nesse trono de insensíveis.

-Ara, leia, leia. Estou de bom humor hoje. Vi uma calcinha verde.

-Dizem que nesse tempo todo:

- O gás de cozinha subiu 472%

- A energia elétrica subiu 368%

- A tarifa de Telefones fixos subiu 3.700%

- Água e esgoto subiram 420%

- Transporte urbano subiu 300%

- O dólar de R$ 0,80, na edição do seu plano sujo que nem é seu, é do Itamar Franco, beira a R$ 3.62

- A dívida pública de R$ 168 bilhões, em 1995, está na casa de 819 bilhões

- Em 1994, nossa dívida externa era de US$ 148 bilhões. Nos últimos quatro anos de seu governo pagamos US$ 126 bilhões - 226 bilhões e 800 mil reais. Assim mesmo ela não parou de crescer. Estamos perto de US$ 235 bilhões

- O salário mínimo, mesmo reajustado acima da média dos demais salários, afastou-se cada vez mais dos míseros US$ 100.00 uma vez prometidos;

O seu saldo:

- 12 milhões de pessoas desempregadas, fora os subempregos, os terceirizados sem valia e os indiretos... perto de 30 milhões

- 53 milhões na indigência

- 21 milhões na miséria

- R$ 101 bilhões enviados para o exterior como pagamento dos juros da dívida externa

- Essa dívida é multiplicada a cada 12 meses

- As empresas públicas privatizadas tiveram suas tarifas aumentadas muito acima da inflação, várias vezes por ano, e o governo as ressarciu daquilo que não faturaram com o racionamento, por responsabilidade do próprio Governo.

- Todos nós pagávamos obrigatoriamente a CPMF, mas quem especulava na bolsa de valores estava isento, valendo para nacionais ou estrangeiros.

- OS Bancos receberam auxílio do PROER, um verdadeiro roubo. Dizem que até parente seu levou grana a fundo pedido, depois o grupo faliu...

-Os bancos obtiveram lucros de bilhões de dólares, apenas esse ano. E o sr. ainda ajudou um, cujo seu filho oficial era diretor, grana a fundo perdido... O pacote do PROER foi um paraíso.

Ara. Capotou.

Fingiu que está dormindo, ou dorme o sono dos injustos, com o seu fiofó em berço esplêndido.

O gigante ainda está dormindo...

Jesus Maria José!

PARTE QUINZE

-Então você veio pra Brasília campear emprego, um candango contemporâneo, medida as proporções... Severino?

-Pois não é? Foi de-assim. Dei sorte. O sr caiu do céu. Foi uma mão na roda. Padre Cícero me intermediou o ajuste. Benza-Deus!

-E quem se aprumou de te encorajar nessa ideia de doido, de migrar, sair do campo, lá em Crato, no Ceará?

-Ora, foi um adjutório surpresa do Padre Zé Beronha, que deu um dízimo sobrança lá dele, mandou até eu procurar o sr ali na feirinha daquela cidade-satélite, como se ele tivesse o dom de advinhar aonde o sr. iria entregar obra social pra carentes da periferia da Taguatinga. Uma graça da Virgem Santa, minha protetora.

-E aí você se apresentou, na moleza, de través, de fininho, dois por dois, manso, sem fricotes, meio num cerca-lourenço, hein?.

-E aí o sr. olhou de fuzilo pra mim e ficou meio espantado, mudou pruma tez chão. Isso foi que eu captei, senti, deduzindo na horinha. O sr. parece que tava vendo em mim o boi-tatá. Ah, não é que me parece que foi ontem essa acontecença.

-Tive um mal súbito, o sol, acho. Fiquei passado, Viajei na maionese,...na batatinha... 38 graus aquele dia. Ou mais, sol a pino. Comitê de recepção prolixo. Foi uma semana horrível. Denúncias, ilações, ligações perigosas, maracutaias, alusões da oposição comunistóide, banqueiros matracas...

-Aí o sr. mandou o seu agente pessoal de segurança me chamar, ele foi meio que ressabiado, nem acreditando. Aliás, eu nem bem acreditei direitinho, e até hoje não sossego o facho de cismar a bença.

-Isso, deve ser, acho. Não me lembro bem, lá se vão uns sete anos... Ou mais... Não é isso mesmo? Ando com a mente fraca e o pavio curto. Acho que tô broxando...

-Aí o sr. costurou uma prosa inteira, meio encardido que tava com a poeira dos helicópteros, todo solícito e loquaz, fingindo-me uma intimidade, e depois, querendo se escusar de empreita, garganteando que um tal Jáder, um tal Temer, um tal outro, um tal sei lá quem tinha me referendado. Imagine só, eu, um maleixo de mala de papelão na mão suada e cheia de calos. Um jacu imberbe com amarelão.

-Pro seu bem. Agi direitinho. Fiz a coisa certa. Sempre confiei no meu taco. Você ali precisando, eu ali podendo... fiz o que tinha que ser feito.

-O sr. me conhecia de antes dessa primeira vez minha, Senhor Presidente?

-Largue mão de encafifar, menino. Isso agora? Não ponha parafusos nessa cachola sequiosa de saberes, vá, se aprume, amontoe esses embrulhos, já li tudo, de supetão, de vereda numa manhã só. Só descobrem merda de mim. Só fazem merda, os companheiros partidários tucanos. Que barbaridade. Tenho que ir apagando os rastros podres. Não podemos deixar nem sequelas. Ah que saudades do Franco Montoro, do Florestan, do Mário Covas. Bons tempos aqueles. Eu era feliz e não sabia. Onde fui me meter, diacho. Leve para o incinerador oficial. Mas não no sub-solo, o central, fale com o Galhardo. Entregue essa merda direitinho.

-Aquele botinudo, meio zarolho? Não gosto um teco dele.

-Esse mesmo. Esse é da velha guarda do Partidão. A coragem em pessoa. Já me ajudou nuns contratos escusos, você sabe, o poder corrompe. Uns lances por fora. Agora eu arrumei esse servicinho sujo prele. Mas ele dá conta do recado. Foi torturado na ditadura, mas aguentou o tranco. Adoro ex-comunistas. Não me entregou, ainda bem, se não eu nem estaria aqui. Teriam dado cabo de mim, os cupinchas do meu avô comprometido até o rabo com os podres do sistema corrupto até o tacho.

-E onde o sr. estaria, posso saber?

-Severino, tem vezes que você extrapola, passa dos limites, exagera a perguntação. Se nivela por baixo. Se enxergue, rapaz.

-O sr. tá com enxaqueca ou problemas na flora hoje?

-Consciência pesada, menino. Melhor não dar margem pra erro.

-Ué, o sr. ainda tem uma, depois da piada de humor negro do Plano Real?

-Foi um recurso oportuno, ocasional, o Itamar assinou embaixo junto com o Bresser e o Ciro, e demos o certo pelo sabido. Ele o Itamar levou no rabo, ficou chulo com os chistes propositais que encomendei pra mídia e eu fiquei por cima da carne seca.

-Trocamos a nossa grana pau a pau pelo dólar, e hoje quanto vale, hein? Por isso que o sr. tá de mau humor?

-Crítica velha. Requentada. Nada de novo no front, a não ser esses embrulhos de merda, que me chegam do Brasil inteiro, quando não das embaixadas

do exterior, tudo de gentalha do meu partido e dos neoliberais apaniguados que me dão base de sustentação, e tenho que lavar roupas sujas, apagar vestígios, pressionar juízes e desembargadores, procuradores, bulir com tribunais superiores, bela merda em que me meti...

-Mas o sr. é Presidente, ora bolas

-Puta merda! Queria mandar sozinho, sem máfias e quadrilhas nos entornos e redondezas; essas medidas provisórias são um pé no saco... puta que o pariu!

PARTE DEZESSEIS

-Ai Severino, ando tão entediado... o poder nos mofa...

-Claro, e o povão levando o supositório das sequelas de seu plano, dizem lá na escola.

-Algum professor neobobo, partidário.

-Fazem troça do sr.

-Conte uma piada sobre mim, Severino. Todo presidente tem uma própria, pertinente, inerente.

-Acho que o sr. não vai gostar.

-Ah, conta, vá? Quando estou bem sexualmente, estou bem espiritualmente. Lavei a égua ontem, como dizem lá em Araraquara.

-Claro, o sr. faz com o povo o que devia fazer com a sua mulher. Pior, o sr. faz na vida pública o que deveria fazer na privada. E dizem que o sr. tem pouco filhos até, para quem fudeu um país e tanto...

-Nem te ligo, Severino, conta a nova, sou todo ouvidos.

O Japa

No primeiro dia de aulas numa escola secundária dos EUA. a professora apresentou aos alunos um novo colega, Sakiro Suzuki, do Japão. A aula começa e a professora:

Vamos ver quem conhece a história americana.

Quem disse:

- 'Dê-me a liberdade ou a morte'?

Silêncio total na sala.

Apenas Suzuki levanta a mão:

- Patrick Henry em 1775 na Filadélfia.

E quem disse:

- 'O estado é o povo, e o povo não pode afundar-se'?

Suzuki:

- Abraham Lincoln em 1863 em Washington.

A professora olha os outros alunos e diz:

- Não têm vergonha?

Suzuki é japonês e sabe mais sobre a história

Então, ouve-se uma voz baixinha, lá ao fundo:

- Vai tomar no cu, japonês de merda!

Quem foi?, grita a professora, aturdida, pondo os bofes de fora.

Suzuki levanta a mão e sem esperar, responde:

- General McArthur em 1942 em Guadalcanal, e Lee Iacocca em 1982 na Assembléia Geral da Chrysler.

A turma fica super silenciosa, apenas ouve-se do fundo da sala:

- Acho que vou vomitar.

A professora grita:

- Quem foi?

E Suzuki:

-George Bush Sênior ao 1º Ministro Tanaka durante um almoço, em Tóquio, em 1991.

Um dos alunos levanta-se e grita:

-Acabou? O que foi agora?

E a professora irritada, repete, acabou-se! Quem foi agora?

E Suzuki, sem hesitações:

- Bill Clinton à Mônica Lewinsky, na Sala Oval da Casa Branca, em Washington, em 1997.

E outro aluno se levanta e grita:

- Suzuki é uma merda!

E Suzuki responde:

- Valentino Rossi no Grande Prêmio de Moto no Rio de Janeiro em 2002.

A turma fica histérica, a professora desmaia, a porta se abre e entra o diretor que diz:

- Que merda é essa, nunca vi uma confusão destas!"

Suzuki:

- FHC, quando contaram os podres das privatizações-roubos... as privatarias que o Sérgio Motta abafou nas CPIs com desvio de alta verba pública

PARTE DEZESSETE

-Severino, sabe meu querido, às vezes eu queria ser você, estar no seu lugar; me faria bem. Sinceramente você é, como na canção do Raul Seixas, maravilhosamente inocente puro e besta... O rapaz certo na companhia certa. Sou uma espécie grega de seu pedagogo, medida as proporções.

-Eu não queria estar no seu lugar, Senhor Presidente, me perdoe a franqueza. Não me leve a mal. Nem por força.

-Eu sei, eu sei. Às vezes eu já nem sei quem sou, e nem me quero em mim. Só que não posso fugir do lugar que estou e sou... Você me compreende, rapaz?

-O sr. tem medo de alguma coisa que o sr. fez, num é, Senhor Presidente. Pulga atrás da orelha? Ou elefante atrás do cangote?

-Medo é pouco, Severino. Medo-rabo. Às vezes nojo, as mãos sujas, os falsos abraços, os amigos da onça, os acordos do arco da velha, eu não deveria estar aqui se fosse limpo, você me entende? Ah, Cruz!

-Se enxergue. Eu sou só um faxineiro, não posso nem me fazer de sabido, que entro numa fria, o sr. pode mandar me apagar, queimar arquivos, me matar. Sei o meu lugar.

-Pode ser, pode não ser. Sempre tenho um trunfo nas mãos, com alguém que sabe alguma coisa de mim. Não me desnudo de graça, não me revelo sem mais nem menos. Não dou ponto sem nó...

-O sr. tem algum trunfo contra mim, Sr. Presidente, alguma coisa, alguma desdita, alguma sabença?.

-Você nem imagina, Severino. Nem queira saber. Vai doer mais em mim do que em você.

-Mas posso intuir, pelo menos, depois da lograda que o Sr. deu no Lula, seu amigo de lutas limpas, do chapéu que deu no Toninho Malvadeza, do chega prá lá que deu no seu confidente íntimo, o Jader do Caralho, do banco do amigo do Paraná que o ajudou e o sr. deu de bandeja para agiotas, por aí se imagina o seu poder de fogo, a sua sutileza, o seu peso de barganha, a sua força de impor, segregar, sem nunca dar com os burros nágua. O sr. é poderoso, é truta velha. Camaleão daqueles...

-Você me trairia, Severino?

-O sr. sabe que eu também faço parte do serviço sujo, pra salvar sua honra, sou na verdade um entregador de merda, recebo o lixo, reciclo, o sr. lê inteiro, avalia os manejos, toma inteireza das fraquejadas, depois vou levar a merda pro lixão, pro zero, pro fim, portanto a minha resposta é uma pergunta:

-O sr. teria coragem de mandar matar esse coitado de seu faxineiro, um pobre barnabé, bocó de mola, um samonga, um coió saranga, um mané calango?

"De tanto ver triunfar as nulidades; de tanto ver prosperar a desonra, de tanto ver crescer a injustiça. De tanto ver agigantarem-se os poderes nas mãos dos maus, o homem chega a desanimar-se da virtude, a rir-se da honra e a ter vergonha de ser honesto." Ruy Barbosa

PARTE DEZOITO

-Que livro lê o povinho, lá no baixio chão da rua, Severino, você por acaso poderia me dizer? Proseie um pouco. Solte essa franga.

-Ora, se o povão não tem uns cobres sequer nem para os caraminguás de arroz com ovo ou couve-manteiga que fosse, teria lá pra comprar um livrinho pica-couve, seu Presidente?

-Mas quando leem, leem o quê? Gostaria de saber...

-Leem a mesma merda que lê a classe média, parece que a mesma porcaria, importados de autoajuda, Avalon, um monte de lixo, almanaques, picuinhas de privadas famosas.

-E essa barbicha agora, Severino, você pardo assim, tá ficando esquisito, mudando sem reflexão, deixando de ser o migrante bonachão que era, o de antes será o mesmo, puro, digno, limpo, seguro?

-Como o sr. não é? Até parece o roto falando do rasgado, em frente ao espelho.

-Você anda lendo poesias sociais, Severino?

-Das boas.

-Leu Fernando Pessoa, Yeats, Pound, Whitman?

-Só Brecht, e Neruda, e Frederico Garcia Lorca, Drumond, Bandeira.

-A terrorista da tua professora de literatura, comunista e agitada, tá dando em cima de você, é verdade?

-Como o sr. sabe? Como o sr. sabe?

-Eu sei de tudo Severino. Sou os olhos da nação. Você é só o meu ID. E sei que você anda dando em cima e embaixo dela... Tenho influências.

-O sr. colocou alguém pra me seguir?

-Orai e vigiai, não é o que diz o Pastor Jeremias, lá na Igreja do Deus Vivo que você quando não está tomando umas e outras vai orar e pagar o carnê dizimal pra entrar no reino dos céus?

PARTE DEZENOVE

-Que embrulho é esse Severino?

-Não tem perigo não, sr. Presidente, não é um Plano Real qualquer, nem um pacote de homem bomba.

-Já vi que você azedou a polenta hoje, desandou a polenta de vez. Mas, parece um cedê. Você gosta de música caipira, né não?

-Esse não é caipira. É do Carlinhos Lira. O sr. quer ouvir a música?

-Claro, meu filho. Adoro MPB. Se bem que prefiro jazz... instrumental, é mais chiquérrimo. Mas bote aí para rolar. Vamos, se apresse que hoje tenho que ir pro Rio biscatear um pouco lá.

SUBDESENVOLVIDO

Carlos Lyra

O Brasil é uma terra de amores
Alcatifada de flores
Onde a brisa fala amores
Em lindas tardes de abril
Correi pras bandas do sul
Debaixo de um céu de anil
E botareis um gigante deitado
Santa Cruz hoje o Brasil

Mas um dia o gigante despertou
Aquele gigantão verde e amarelão
O Hulk deixou de ser gigante adormecido
E nem um anão se levantou.
Era um país subdesenvolvido... mas alegre...

E como se trata de um pouquinho de história do Brasil,
Aqui nos vai um fadinho:
Nem passado o período colonial
O país se transformou num bom quintal
E pois dadas as contas a Portugal,
Instaurou-se um latifúndio nacional
Subdesenvolvido...

Aí entra um marcial:
Que povo, bravo povo brasileiro,
Que em perigos e guerras se esforçava,
Mas que prometia a força humana,
Plantou couve e colheu banana.
Bravo esforço do povo brasileiro
Que importou capital do estrangeiro
Subdesenvolvido...

As nações do mundo para cá mandaram
Os seus capitais
E desinteressados
É que as nações, coitadas, queriam ajudar, né?
E aquela ilha velha ajudou também
País de pouca terra

Solos três vinténs,
Um grande bem, um Big Ben
Nos deu luz, tirou o ouro
Nos deu trem, mas levou o nosso tesouro
Subdesenvolvido

Houve um tempo em que se acabaram os tempos duros
e sofridos
Porque um dia aqui chegaram os capitais dos Estados
Unidos
País amigo, desenvolvido, país amigo, mais rico do que
o subdesenvolvido
País amigo...
E o nosso amigo americano
Nos deu dinheiro e nós plantamos
Numa terra em que plantando tudo dá
Mas eles resolveram que a gente ia plantar
Nada mais que café

Aí tem aquela brincadeira de criança que dizia assim:
Bento que bento é o frade
Da boca do fogo tirai um bolo
Fareis tudo o que seu mestre mandar?
Faremos todos...

E começaram a nos vender e a nos comprar
Comprar borracha, vender pneu
Comprar minério, vender navio
Comprar nossa vela e vender pavio
Só mandaram o que sobrou de lá
Matéria trástica, entusiástica,
Que coisa elástica
Que coisa drástica,
Rock, balada, filme de mocinho,
Ar refrigerado e chiclete de bola
E Coca-cola
Subdesenvolvido...

É que o povo brasileiro tem personalidade
Não se impressiona com facilidade
Embora o povo brasileiro pense como desenvolvido
Como eu, que penso como desenvolvido
Aquele pedacinho que eu canto: e Coca-cola,
É a última vez que eu canto isso
Se a Coca-cola não vier aqui para conversar sobre mer-

chandising
A próxima vez que eu cantar essa canção já vai ser com outro refrigerante

O povo brasileiro também dança como desenvolvido, não dança?
Só dança. É só entrar numa discoteca.
Ta cheio de desenvolvido se mexendo lá dentro, igualzinho
E também canta como desenvolvido, não canta?
Ieieieieiuououou...
Ieie, meu boi, ieie, roçado bom..
O melhor do meu sertão, oh, yeah,
O meu boi
Subdesenvolvido...

Tem personalidade, não se impressiona com facilidade,
Embora pense, dance, e até cante como desenvolvido,
O povo brasileiro não come como desenvolvido,
Não bebe como desenvolvido,
Vive menos, sofre mais, isso é muito importante
Muito mais do que importante,
Pois difere os brasileiros dos demais
Pela personalidade... sem igual
Porém, subdesenvolvida...
Essa é que é a vida nacional.

PARTE VINTE

-Severino, você me ama?

-Como assim, Senhor Presidente? O sr. fumou maconha ou andou rasgando merda, é?

-Recite um poema louco daquele seu amigo louco de Itararé, terra de sua amiguinha...

-Lá vem o sr. de novo... Tem um aqui, anotei num caderno, vou ler:

DNA – Deus Não Abandona (Quase Mantra-Fado-Blues)

Os ricos tinham medo de mim porque eu era pobre

Os pobres tinham medo de mim por que eu era inteligente

Os ricos inteligentes não entendiam um pobre inteligente

Então procuraram ficar amigos pois eu podia ser um futuro concorrente

Mas eu era pobre; ricos com estudo ou sem estudo são sempre ricos.

Pobre não pode errar. Não tem direito de errar. Era errar e voltava para a idade da pedra lascada.

Então eu dormia para não errar, comia para não morrer, me matava de trabalhar para deixar de ser pobre um bendito dia

E estudava feito um condenado à vida para nunca ser um pobre burro pelo menos

Isso não modificou tudo, mas mudou muito, embora não mudou o básico:

Os ricos continuam ricos e impunes. E estudam ainda mais para saberem como ter mais lucro, mais riquezas injustas, com logística e estatística...

Então por que é que eu que não sou mais pobre, mas também não sou rico, vou deixar de trabalhar

Ou deixar de estudar para, pelo menos, sendo um não rico como eles, pelo menos dar um couro neles, ser inteligente acima deles?

Como Luther King, Mahatama Ghandi e tantos outros

Sim, são meus ídolos. E não guardaram ódio. Guardaram conhecimentos. Guardaram atenção e vigília.

Sim, eu jamais serei como eles, mas também sei o que eles sentiram quando passaram fome

Quando dormiram na rua, quando estiveram com medo

Quando cantavam mentalmente poemas como sutras e mantras, quando não podiam, sequer ser reconhecidos como existentes, como seres urbanos, como seres humanos

O pior de tudo é que precisamos não nos perder de nós; vencer a nos mesmos.

Esse é o ócio do ofício. Tarefa dura. Cansamos. Pelejamos. Sofremos porque não temos estrutura molecular; somos emocionais, sofremos os problemas de sermos filhos da terra... afrogentes

O que deixaremos quando nos formos? O que plantamos de atos e palavras. E contarão uns aos outros, entre fogueiras de computadores velhos.

E dirão que tudo não passou de um sonho. Alguém certamente vai me estender a mão um dia. Pagaremos nosso preço.

E existirão ricos. E injustiças. Mas também existirão pobres que trabalham e estudam. E criam. A arte como libertação.

Não vai mudar muito. Não vai mudar tudo. Mas vai ser um plantio. Uma seara.

O lobo e o cordeiro no mesmo campo de lavanda ainda é um sonho...

Mas estamos nos movimentando. Estamos em busca. Caminhamos. Marchando.

Os ricos entre núcleos de condomínios com câmeras de vigília nalgum satélite artificial do sistema solar ouviram nossos vagidos. Um após um eles ouvirão.

Em letras, em músicas, em artes. E seus filhos cantaram nossas letras e musicas. Essa será a nossa primeira plantação. Dentro deles. Entre eles. Por nós.

Até que a morte nos una e a dor nos fortifique...

-Dormiu, o lesmão-chefe... Deve ter cheirado papel-higiênico usado...

PARTE VINTE E UM

-Severino, você tem que me levar de novo naquela sua amiga vidente, a falsa Freira Esmeralda. Ela é poderosa mesmo. Acho que algum caboclo encostou na minha alma...

-Isso é fricote de rico, Seu Presidente. O sr. tá com saudades da buchada de bode, é? O sr. lá é de acreditar em alguma coisa que não seja no sr. mesmo?

-Você quer saber mais de mim do que eu, Poeta Severino?

-E o que o sr. sabe do sr. é verdadeiro, é real? Ou o sr. é uma pessoa que não tem nem noção do que é, nem imagina, de tanto que mudou até de ser o que era?

-Você tem filosofia experimental no curso, Severino? Você já leu sobre o Existencialismo do Jean-Paul Sartre. Queria ser ele...

-O que a Esmeralda falou da última vez que fomos disfarçados lá?

-Um monte de coisas boas, um monte de coisa ruim, no frigir dos ovos, empate, dúvidas, precauções. Lascou meu pensamento único. Fiquei ressabiado. Tenho que ficar esperto. Onde há fumaça há fogo... Fiquei de antenas ligadas... Vox do povo, vox das urnas...

PARTE VINTE E DOIS

-Se eu precisar me matar, acabar com tudo, você me ajudaria, Severino? Você sabe, nessas coisas eu não tenho coragem inteira pra isso, sou cainho, molóide... frouxo, um bunda mole, cagão.... Não dou no couro. E ficaria feio na foto do andor do cerimonial... Tenho panca do Getúlio, mas não a coragem dele... Se bem que nos quarteis se dizia que o mataram... Ele contrariou interesses que não podia, de quem o elegeu, sustentou... E feriu a oligarquia paulista, isso não se faz...

-Tô fora. Nunca chegarei a tanto... Nem por força.

-Você me ajudaria a fugir, Severino, pelo menos? Tenho uma casa nos Andes, uma outro nos Alpes... outra em Mônaco. Um apartamento em Paris, presentaço de amigos da Petrobrás e suas propinas intermediadas por mim...

-Sei lá aonde fica isso. Não imagino e nem quero saber.

-Se descobrirem tudo, Severino, você sabe, estou de mãos amarradas na questão do Amazonas, no caso do Sivam, privatizações-roubos, desvios do RodoAnel, aquele que você já me tirou sarro dizendo que a paulistaiada entra com o anel e o Pinoquio de Chuchu da opus dei com o rodo...

-Não fale mais, Senhor Presidente. Chiu. Não quero saber muito, para viver muito. Não me comprometa. Essas pastas com relatórios secretos, pessoais ao sr, parecem merda no ventilador da realidade, e eu tenho medo que sejam meu passaporte para os quinto dos infernos...

-Eu protejo você, Severino. Você saberá de tudo então.

-O que o sr. quer dizer com isso?

-Você me ajudaria, lutaria por mim, morreria por mim? Preciso ouvir isso do povo. Preciso escutar isso de você. Você é o reflexo imediatista e direto do povo pra mim.

-Não sou o povo, Senhor Presidente. Sou xucro como a maioria do povo, mas sou só unzinho. O sr. sabe que, no Brasil, preto não vota em preto, pobre não vota em pobre, favelado não vota em favelado, nordestino não vota em nordestino, operário não vota em operário... porreta não vota em porreta.

-Você tá ficando crítico, Severino, é um perigo pensar, dá consciência cidadã, você tá fazendo supletivo ou é aquele seu parente poeta de Itararé que anda enchendo de novo seus fritos miolos moles?

-De tudo um pouco, sôr. De tudo um pouco.

-Más companhias? Você tá usando drogas? Você vai dar pra trás?

-Que nada. Até fiz um trabalho na escola, cujo cartaz ficou assim: Diga não às drogas ! Não Maluf! – Foi um sucesso, ganhei dez, o sr. precisava ver... iria ter orgulho de mim pelo menos.

-Imagino. Você tá crescendo, menino, O Brasil tá crescendo... Tudo está mudando. "O sertão vai virar mar..."

-O sr. acredita mesmo nisso? Acredita?

-Os números falam mais alto. Evoluímos. A economia cresceu. O Brasil está com um pé no futuro...

-Mas o povo tá morrendo de fome, Senhor Presidente. O sr. já é tachado pelo meu parente de Itararé de O Pai da Fome. O sr. só acredita em estatísticas, o povão é só um dígito, há uma baita inflação enrustida, camuflada.

-Onde já se viu isso? Vou processar. Eu prendo e arrebento.

-O próprio Zé Simão da folha chama o sr. de FHNistão, diz que a vida na Colômbia é melhor, o Salário-mínimo no Paraguai é mais alto, e até no Afeganistão tem situações como no Brasil, e o sr. acredita ainda nessa mentira sobre o Real?

-Logo você pode deixar de ser faxineiro, meu menino. Quando perdermos a eleição, começarem a aparecer os podres, o capital interno boicotar o eleito, os agiotas do exterior buscarem a Argentinação do Brasil, então você vai ter saudade de mim, como sou, do jeito que me imponho. Vão ter que me engolir para remendos nos podres poderes, pois eu sei lidar com todos, sei coordenar fogueiras de vaidades, clubes de egos, interesses escusos, apagar incêndios...

Mas que o Lula fique com o abacaxi. Uma hora há de sobrar pra ele. Depois faremos terrorismo televisivo na oposição. O Aníbal é PHDeus nisso. A dialética do PFL e do banana do Aníbal se somarão nesse propósito indecoroso. A mesma face, a mesma moeda. Um preço duro a pagar. Tudo vale a pena pra se tirar o cu da reta, da seringa.

Quem sabe ainda eu volto nos braços do povo, com o Lula Light dando com os burros nágua.

PARTE VINTE E TRÊS

-Severino, você já me salvou de tantas, o flagrante de adultério em adultério impróprio, a lavagem de dinheiro em boca de luxo da zona de luxo, a pedra de crack que a filha da puta de Miami tava usando, você é mesmo meu braço direito. Não saberia viver sem você. Adoro pessoas puras por perto. Me fazem bem, me sinto mais gente.

-O sr. tá com labirintite de novo, é? Ou o sr. fez de novo o bendito teste da próstata?

PARTE VINTE E QUATRO

-Vi o Agente Galhardo ontem, Senhor Presidente.

-Que beiço é esse, Severino? Você tá com uma tromba! Viu o filhote de cruz-credo, é?

-Vai me dizer que o sr. mandou o Galhardo me seguir novamente?

-Mera formalidade. Rotina. Não se inquiete. Isso é normal. Vale pra todo mundo. Ninguém escapa. É rotina.

-O sr. não confia em mim.

-Você está conversando com gente estranha, Severino. Quero o seu bem, sabe como é. Você veio de Crato, viu muita coisa sem considerar licitudes de percurso, agora acha que, estudando supletivo pode querer mudar alguma coisa, revolucionar, meter os pés pelas mãos, quando é uma espécie de meu fiel escudeiro, está dentro do gomo mais discreto do mais íntimo elmo alto e brilhante da história brasileira pós-moderna. Eu sou o Cervantes, você malemal é um Sancho Pança pardo e olhe lá...

-Não me comprometa, não sôr.

-Viu? Você tá diferente, está falando meio de lado comigo, sinto isso, tratei você como um filho, e o que eu tô sacando agora? Ingratidão das grossas.

-O sr. diz na televisão, que educação é tudo, quando eu volto a estudar, melhoro o raciocínio, o sr. manda me seguir. Quem é o sr. realmente? Não consigo crer.

-Que papo-aranha é esse Severino, sou o seu Pai Patrão – aliás, faz tempo que você nem me trata mais assim – sou o Senhor Presidente, o Número Um, o manda-chuva.

-E precisava mandar um cacareco me seguir. Quem ele pensa que é? Deu vontade de dar na fuça do estrupício, o porqueira.

-Calma, meu menino. Só está cumprindo ordens, naturalmente. Você sabe, tem o serviço pessoal de segurança, ligado ao Terceiro Comando do Exército.

-O sr. sempre foi filho de milicos, deve ter tido uma vida de merda, como numa caserna...

-Não envolva minha família nisso, Severino, fique na sua, não passe das quantas, não pule etapas, não ultrapasse limites.

-Parece que o sr. tem um discurso comigo de um jeito, pelo seu Porta-Voz é diferente, no Brasil age de um jeito, lá fora no exterior fala bonito e diz outras coisas, critica os brasileiros, os caipiras. Quem é o sr. exatamente? O PT diz que o sr. é uma fraude. Um blefe.

-Jogo de cena, meu caro. A arte da política! Adoro teatro.

-A quem o sr. quer enganar?

-O que é isso, companheiro?

-Tá certo, tá certo, sou um faxineiro desconfiado, sei de um monte de podres, mas não sou traíra de dar com a língua nos dentes, portanto o sr. não precisa mandar um bosta de agente zarolho me espionar, aquele melancia, verde por fora e vermelho por dentro.

-Fique calmo, menino. Não se zangue. Vou ver o que posso fazer a respeito.

-Acho bom. Acho bom.

-Sua mãe ligou, sabia?.

-Quem disse? Por quê? Como?

-A Candinha passou, eu até atendi, mas ela chorou ao ouvir minha voz, não compreendi... Estranhei pra caralho.

-Deixou recados?

-Veja com a Cacilda Bunduda, é a área dela. Se precisar, dou folga, você pode viajar...

-Eu estou cansado.

-Imagino de outra maneira, se eu que sou o Presidente estou, imagino você me aguentando com toleimas, estudando, morando num apartamento apertado junto com outros assessores... aspones ...

-Você anda fumando, não é Severino?

-Desculpe, vou ter que tomar um analgésico.

-Ligue pra sua mãe.

-Até mais.

-Esse Severino está ficando estranho, esquisito, nem parece o mesmo. Será que estou correndo algum risco? Tenho que avaliar moldes novos. O Severino parece boi lambendo cria, como dizia meus avós coronéis no alto nordeste.

-Esse Presidente às vezes me parece estranho, parece outra pessoa, como se um sósia no lugar, um clone, um marionete, um robot, sei lá. Mas acho bom nem comentar isso. Em boca fechada não entra mosquito. Mas eu nem te ligo, estou cagando godê pra ele.

PARTE VINTE E CINCO

-Severino, você quer uma promoção? Sabe, andei matutando, você merece, você merece, ganhar um fuscão no juízo final, como diz aquela música do Gonzaguinha, filho bastardo do Gonzagão... com uma prostituta...

-Se for possível, Senhor Presidente. Conto com a sua generosidade oficial, sua intermediação de propósito.

-Você quer deixar de trabalhar aqui, ou quer continuar sendo meu ombro amigo, me ajudar naquelas coisas de sempre, levando e trazendo a roupa suja, nessa merdocracia, você sabe, preciso de você, confio, mas se você quiser pular fora, pode ser a sua única chance agora. Ou caga ou desocupada a moita. Essa é a hora.

-Eu vou ser morto, não é?

-Imagine. Onde você pensa que está? Com quem pensa que está falando? Aqui não é Cuba, não é o Iraque e nem a Coreia do Norte, filho. Ora essa. Eu tinha que ouvir isso...

-Mas parece um fim do mundo. O cu do judas.

-Você anda muito bocudo, Severino. Não tem palpas na língua.

-O sr. torra o saco, às vezes, sabe? Vigi. Minha Nossa!

-Quer ir embora?

-Sei que não posso ir...

-Onde você ouviu isso? Onde já se viu? Quem anda pondo caraminholas nessa sua cabeçona de tacho? Você sabe que quem anda com aleijado aprende a mancar?

-Sei que só saio com o sr, vivo ou morto, e se o sr. sair bem, muito bom, se quem ganhar a eleição não descobrir os podres, tudo bem, mas se for o PT e descobrirem as burradas que o sr. fez, as cagadas secretas todas, vai ser pior do que na Argentina, só que lá os presidentes, generais e ministros são presos, aqui têm o apoio de algumas máfias do governo, quadrilhas da justiça, antros na mídia suja, mídia abutre, e acabam por ter imunidade parlamentar, além de outras suspeitas benesses, pois, como eu li esses dias, num artigo de meu amigo poeta de Itararé num site de protesto, parece que para a nossa incompetente e pouco transparente – e bem corrupta, infame e leviana -justiça, só quatro pês

vão presos, Pobres, Prostitutas, Pretos e Petistas. A lei para os inimigos, como disse Vargas, não é sr. Presidente?

-Senhor Presidente? O sr. pegou no sono enquanto eu falava feito uma matraca?

PARTE VINTE E SEIS

–Severino, tenho uma boa e uma má noticia pra você, qual você quer ouvir primeiro?

PARTE VINTE E SETE

-Severino, meu filho, me conte um Causo daqueles de seus sem seca e casca grossas amigos boêmios, notívagos, seresteiros, lá de Itararé, terra de seu novo primo por parte de uma priminha; se atine e destrinche um daqueles bons, pode ser o do Osso mesmo. Vamos, proseie o causo pra mim, vá.

-Severino?

-O que é Notívago, Senhor Presidente?

-Ara, Severino, ande, corta essa, conte logo que depois eu explico essa palavra. Você sempre tão curioso... Esse pode ser o seu grande mal, seu calcanhar de Aquiles... seu fio de Ariadne.

PARTE VINTE E OITO

O Causo de Itararé:

O Osso

Quando morreu, de repente, a querida Dona Mariquinha Candoca Damião, seu marido, Carlito Eça Damião, bem que podia ter sossegado o facho, se reservado o direito de ser polido, discreto, disseram alguns entojados conterrâneos fofoqueiros, ali na Vila Luar de Itararé, vilarejo bucólico e pitoresco na agreste zona rural da cidade estância boêmia de Itararé, ao sul do Estado de São Paulo, vizinha de rabeira e divisa com o Paraná, do qual até já tinha seu geofísico por demais de parecido em tudo de bela natureza sósia.

Os três filhos mais velhos ficaram ressabiados, quando, sem mais nem menos, malemal a pranteada genitora fizera seis meses de finada e aquilo tanto de carpir uma saudade pegajenta, e o sem-vergonha do velhote Carlito Eça, sem um pingo de vergonha na fuça, sem medir arredios de meio, trouxe para casa a tal zinha, uns trinta anos mais nova que ele, a titulo de inoportuna madrasta, sem tirar nem por.

Foi muito socó para a tapera dos topetudos herdeiros que ficaram de tromba, e que, maleixos ou mesmo de toleima, onde já se viu, ara, ares de azedos, foram arar terras do clã noutra freguesia, deixando o filho-da-puta do pai com a lavoura de milho-pipoca para colher, uma praga de gafanhotos pra azedar o curtume da semana, uns porcos gordos para serem castrados, mais o guri caçula, o Jubileu, com suas berebas de imberbe na casa dos dez anos, se tanto.

Nem bem cismaram uns editais de proclamas em tempo corrido por paga por fora, e o velho safado se aprumou de casar de papel passado e tudo com a encalhada morena de seios grandes, ancas bem feitas e brilhantes cabelos crespos da cor de casca da tatu. O casório na Capela de São Benedito ali na fazenda mesmo, foi bem concorrido, mas os filhos mais velhos não deram a cara pro forfé, apenas o Jubileu, com sua feição de desenxabido, manteiga derretida, mais uma reinação de saudade da Dona Mariquinha e dos amados irmãos, os pés-vermelhos.

Depois a vidinha monótona dos três ali no sitio ganhou a rotina cotidiana da rameira trivial, e o velho continuou indo caçar preás e cervos silvestres, extrair gabirovas e ariticuns do mato a dentro, pescar lambaris e bagres cor da lua, arar roças de alqueires, além do que a nova senhora do eitão, por não poder gerar filhos, mas ter conservado o frescor de tez, olhar de jabuticaba, muito serviçal e prestimosa, quando era extremamente boa para a lida de uma casa-grande com galos, noites e quintais de alvoroços, fazia os serviços com esmero. A mocinhola, solteira encalhada, era pau pra toda obra ali ainda nos favos e gomos dos trinta alqueires de terra.

Mas, justiça seja feita, a bem da verdade, o entojado do guri foi ganhando peso, hormônio e viço no olhar silencioso de quem em idéias de jerico e pensamentos abusivos maroteava a intrusa em casa. Enquanto a madrasta de nome Zoraidinha Camargo punha roupas no varal, lá estava o piazote danado a colocar olhos curiosos e sapecas no vão do sovaco algo ruivo atrás dos fartos seios de manga-espada da senhora dona.

Quando ela ia pegar ovos no galinheiro, tinha que pular um corguinho de meia-água ou abrir e fechar porteiras, lá o danado a sabia desajeitada e à vontade pra lhe dar o que cismar, sondar e, pior, pôr acentuado reparo de filhote de cusarruim querendo calma pra se coçar. No começo o peste do Jubileu fazia isso sem dar na vista, de través, depois foi ganhando tesão e pouco se lixando para as corajosas empreitas da madrasta que era uma trabalhadora de mão cheia, e não tardou muito, crescendo a virilidade meio que precoce ou não, deu se por atinado e de forma tácita até, desejando a gostosa e pedaçuda mulher do pai valentão e bravo como só vendo. Mas isso foi só no começo, de-assim como vou contar, no vai da valsa, preparando meu drops de cereja.

A Zoraidinha, vivida, que muito cedo tinha se perdido com um professor de gramática que a levara na lábia e não apenas do verbo Amar, depois de engravidada pelo sujeito, tendo sido jogado na rua da amargura, perdendo o filhote e voltando pra casa do pai com cara de tacho, encalhada pra casório por causa da má fama que fizera de bubuia, restara-se por décadas em casa, aju-

dando o velho viúvo, Seu Ludovico Panteão, que um dia finalmente finara, e ela, com alguns bens e as terras de herança, ao ser sondada pelo Seu Carlito Eça Damião não se fez de rogada, pois que ainda estava na muda, era bonita, forte, e, aquele pé de meia do velho pelo menos poderia lhe dar um lar doce lar, já que, por ter perdido o filho de uma aventura, com os problemas todos, jamais poderia engravidar novamente, mas ainda podia ser caseira serviçal, de lavar, passar, cozinhar e dar muito bem no couro ainda em outras pelejas íntimas. Ora se podia.

Por outro lado, o velho, fogo aceso, atiçado nas ventas, se apaixonara por aquela zinha mal a vira numa feirinha perto de um brejo de várzea, num vilarejo adjacente, vendendo renda de linho feita em tear próprio, de –vereda topara enfrentação com os três filhos mais velhos, topetudos e encardidos, já que o Jubileu era muito rente de idade, e, pra fazer seu gosto e prazer de companhia e tudo, levou a moça pra casa, os filhos que fossem peidar nágua, e ali ele se dava por contente, viril, moça nova e fogosa na cama, um filé de capivara, enquanto ele lavrava a terra, pescava no rio Itararé, caçava nas terras do Seu Cananéia, e levava a vida na toada da rotina cotidiana, refeito, fora do luto oficial, renovado, panca de mocinho trancham tomando Vanadiol para aguentar o tranco, porque estava bem servido de qualquer jeito, e não era descendente de espanhol por acaso, bravo, valentão, bom de mira, determinado, resoluto, um trabalhador que não refugava atiço de forrobodó ou empreita impossível.

Jubileu, a bem dizer, mal entendeu a morte da mãe, pela qual era um grude, só sabia que certa feita ela anoiteceu em tempo de Endoenças, e foi levada pra Santa Casa de Misericórdia de Itararé, no outro dia diferente vindo parentes às pencas, flores, velas, gentarada, até que ele com mimos foi levado no lombo de um tordilho, com o irmão mais velho, o Saulo Ely, e viu a mãe dormindo serena num caixão de imbuia, depois choro e ranger de dentes por atacado, pregação do obeso e calvo Padre Levino, um salmo chique, uns abraços, apertos de peitos entrevados, depois a querida mãezinha ser jogada num buraco de sete palmos, tacarem terra cor de rosa por cima, veio um pedreiro e selou com tijolos a tumba, depois todos foram tomar umas tubaínas de limão, comer uns sanduíches de mortadela, e assim por diante, umas balas de anis, umas marias-moles, uns capilés ou quebra-queixos no Bar do Tunico Bittencourt ali na esquina em polvorosa, depois, por fim, cada um montou seu cavalo, tomou de sua charrete, seu ford bigode, uns de-apé mesmo, colocaram o chapéu de feltro, a turba se desfaz, o tropel finou, cada um foi arejar espírito pro seu canto, o que era ajuntamento acabou, ele veio pra casa no sítio na rabeira de uma lambreta, que um primo vereador no Palácio Vadico em Itararé lhe oferecera de carona.

Quando pintou a moça nova em casa, concubina de início, depois mulher oficial do pai substituindo a mãe insubstituível, Jubileu ainda lambido de tristeza, tatus no nariz, berebento e peidorreiro na muda dos dez e pouco, foi levando a botina da lida, que a Deus pertence. A moça era bonita, simpática, prestimosa, fazia polenta de milho branco melhor que a mãe, sabia outros pratos gostosos da cidade, caprichados, era adorada pelo pai, enquanto o pobre coitado, imberbe e feição de espantalho, ia aceitando as coisas, comendo, se aprumando, com o velho até meio viçado, com a moça gemendo noites a dentro como se espremida de sofrências, porque ele mal entendia das sabenças do amor, capiau e arigó de tudo brincava com sabugos de milho como se fossem bois brabos, ainda pulando córregos atrás de rãs-pimentas ou jaós, ainda tinha medo de lobisomem, de onça pintada, e quando o pai ocasionalmente lhe punha algum tino de carinho, algum préstimo de afeiçôo, ele chorava nos braços do velho e ranhento perguntava da adorada mãe.

O velho, então, na dura realidade do momento, ficava sem seca, casca grossa, curto e grosso cortava o apreço físico e dizia pro piá entojado que a mãe tava no céu, na glória de Deus e da Santa Virgem Guadalupe, e que ele desmontasse o chororô e fosse pegar água fresca no poço, que fosse dar milho pras galinhas, que fosse rezar na capela de São Benedito, ou, aproveitando o desmanche do diálogo, pedia pro guri ir na venda do Deolindo Quirera a pouco menos de três quilômetros, buscar querosene pros candieiros, naftalina pros ternos de casimira, ou pilha para o rádio Semp com picumã e estática, e então aproveitava para um diurno ocasional desfrute no côncavo e convexo da patroa nova que tinha em casa, carne de primeira mesmo, de se comer e lamber os beiços moles com rósea dentadura dupla.

E assim se passaram os anos. O céu por testemunha. O velho caçando, a nova dona de casa com perfeitas reinações, e o Jubileu crescendo e ganhando os contornos do tempo na sua idade já entrando na adolescência, encorpando a voz e a testosterona revelando ofício no seu psicossomático meio atiçado como puxara o pai. Afinal, a carne é fraca, diz o adágio popular.

Pois dera de sondar a mulher do pai, a graciosa madrasta. De primeiro por curiosidade, depois os gemidos de madrugada (ouvia - coração com um trem no dentro), a parte da coxa morena que o corte de morim cambraia da saia revelava, os seios fartos por entre os sovacos peludos, os crespos cabelos lindos feitos em coque na nuca alta, a boca fina e perfeita, o nariz pequeno, os ternos olhos de jabuticaba, quando se viu, Jubileu estava no entre uma inventada primeira paixão inédita e impossível, e a descoberta de sua masculinidade precoce, temporã. Descobrindo a indecência. Onde já se viu?

Sondava os momentos furtivos da madrasta desapercebida, sem se medir direito entre panos e varais, tachos e fogão de lenha, pernas levantadas e de croque entre garnisés, lavando roupa ou preparando doce de mandioca brava com cidra de abelha-tiê. Ele, Jubileu, a princípio ficou só de assim, depois foi se assanhando aos poucos, até a Zoraidinha dar aquilo como uma curiosidade normal, uma descoberta comum, nem de se preocupar muito, porque era bem servida pelo velho, e gostava do menino que tratava como um filho do peito.

Ele andou se assanhando, atrevido, levantando a voz de meio fanho, mostrando a virilidade na calça cerzida, mas ela não foi na fiúza, deu uma de que não era com ela, não era pro seu tacho, e o moleque desesperado procurando fogo pra sua lenha juvenil. Será o impossível?

Passaram-se mais alguns meses, ele atreveu-se algumas vezes a tentar agarrá--la de supetão, ela, lépida, sem escândalo, feita serelepe desvencilhou-se, outras vezes ele, vermelho como peroba brava, colocou o médio membro virgem pra fora e ela virou as costas, pouco se incomodando na verdade, sem implicância qualquer, porque também sabia se virar sozinha, tinha força, saberia desmontar o enteado de intenções dúbias, preciso fosse sentava-lhe uns pésdouvidos, confiando também na sua temperança, enquanto o menino ora subia nas tamancas, ora com vergonha ocasional desmontava da pose, pois mesmo desejando-a sabia que ela não era de fritar bolinhos, muito menos pra sua cuia e situação de pertencimento.

Mas um dia bate a circunstancia do inconcebível, com a coincidência do hormônio a mil na cabeça e nos vãos das pernas, e Jubileu perdeu as estribeiras, foi longe demais, a bem dizer.

Louco varrido, partiu pra cima da madrasta, quando essa com uma saínha cor-de-rosa meio transparente mostrava os fundilhos bem torneados, no cuorador, e mal ajeitava umas peças de roupa de cama passadas de água de bica e sabão caseiro de cinzas. Ele veio pra cima babando, olhos virados, como se um estremelique entre desejo e tesão, mas ela escapou, assustando sem querer o garboso cavalo Maçarico, meio que gritando de susto, espantando as galinhas que fizeram uma fuzarca, e correu, porque boba ela não era, e sentiu que o menino tava com o capeta, talvez fosse preciso dar-lhe uns tapas pra conter a histeria sexual.

Com essa caça caseira, foi um tropel generalizado, alguns vizinhos ao de longe notaram, vieram sondar o haver, os animais dos arredores fizeram um guaiú disgramado, uns pobres empregados que roçavam por perto viram o ataque do filho do Seu Eça dando em cima da mulher do pai, um bóia fria meio capataz de ocasião chispou chamar o velho bronco, enquanto o atrevido ia e via correndo aloprado e dando em cima da fêmea pedaçuda que, rápida, escapava, entre o paiol e o chiqueiro, entre a casa-grande e o quintal, por entre bosta de jericos no curral e por entre mangas podres no bosque, quando, bufando o cavalo, com a mão direita trêmula numa garrucha, machucando o relho e a rédea na outra, veio vindo o velho pai do guri, que, a bem dizer não era flor que se cheire, mas não era tolo de tudo. Ao mesmo tempo que o velho chegava pronto pra lavar a honra, fazer um desmonte, uma tragédia, veio chegando um vizinho rico, um padre que estava dando catecismo na capela de São Benedito que ficava perto, e um pandareco alardeou as imediações anunciando força bruta, sangue e gandaia de tristices por atacado.

Malemal o velho estava a poucos passos do quintal de casa, raivoso e sangue urdindo nos olhos de nódoa de terra cabocla e espanto, Jubileu que não era trouxa e nem nada, pôs-se de quatro pés e começou a latir como um cachorro louco. Desse jeito. Todo mundo reparou, e eu nem ouvi contar, estava por perto. Acredite se quiser. Era, de uma hora pra outra, um cachorro perfeito entre jaguaras iguais.

O velho apeou taciturno com o baio bufando e pondo grossas espumas pelas narinas alvas, a patroazinha já arfando a se desmontar da pose de caça arredia, o padre, os curiosos vizinhos, e o desacorçoado do agora arredio Jubileu de quatro pés, latindo feito um cachorro com encanto de lua cheia, olhos ainda virados, pisando bosta de galinha no terreiro entre os cães treinados que viam-no brincando como eles, ainda atarantados pelo forfé da correria que tudo aquilo rendera no espanto geral.

O padre Lazico correu e conteve o velho, arguindo que o menino por cabimento tava com o capeta no corpo, que o dianho vira cachorro mesmo quando não tem escape pro limbo. A prudente Zoraide, já refeita da pose querendo também contemporizar e evitar violência, mal falação, quando o velho então, ruim que só vendo, mas contendo ímpetos de acabar com aquilo tudo ao seu jeito, à bala, aceitou o fito de que o menino era ruim do juízo mesmo, só podia ser por estar tão louco de atrever-se a tanto, tirou toda roupa do cusarruim, amarrou uma coleira de couro cru no pescoço suado dele, e, de presto foi levar o filhote agora cão para um improvisado canil que malemal tinha montado atrás da casinha caiada de azul-biscate, que havia numa porção de terreno rente, fundos da casa.

E assim, por incrível que possa parecer, começou a nova vida inusitada do Jubileu. Como cachorro estava salvo de surra de relho e de morte por tiro de garrucha. Ali, entre vira latas, um policial, um pastor alemão e outras raças bem nutridas, livres, ele restou-se comendo com a boca em pratos rasos de folha-de-flandres, ora uma ração nojenta e mal cheirosa, ora resto de comida com cartilagens e sebos, enquanto bebia água de uma lata até onde a coleira no pescoço permitia o sair-se de si.

Triste era de noite em Itararé, um frio lazarento, ora garoa, orvalho ou geada, lamuriando amontoava-se entre outros cães, cobria-se com folha de bananeira, ou escondia sua nudez em pelo atrás de tábuas e animais fedorentos como ele também acabou sendo, e, quando vinha alguém para ver sua doença de peste, ele tinha que latir, uivar, morder-se, rasgar grama de capim-tiririca, comer merda, dividir restos entre outros cães que não o entendiam ali, mas gostavam da parecença sonora.

Às vezes o velho tinha um tino de empreita na saudade, sofrência íntima pisando cacos de eventual consciência pesada, apesar de tudo, e vinha dois por dois sapear o filho num bestialismo de meio, entre o cio e a privada, ou encruado como cão vadio sem eira, e então Jubileu subia na pose, latia bonito como nunca, erguia os pés, fazia graça aprendida, talvez até abanasse um rabo imaginário, tal estava na situação de endemoninhado mas cheio de amor encruado no favo do peito. E depois, o seu dono era o seu pai de sangue. Então Jubileu sobrevivia bem, imitando seus amigos nos teréns do chão, erguendo as pernas cabeludas para urinar em talos de taquara, em mourões podres, os cabelos ouriçados numa gandaia, barbicha rala se encrespando, unhas pontudas como patas de bode. Bebendo fazia uma sujeira, comendo ração ou a bóia dos animais era guloso, defecava com eles, marcando território de sua sobrevivência a todo custo, porque o instinto animal nele revelara uma consciência tremenda do limite entre o nada e o zero, entre a morte e a fuga, entre a noite e a perda, entre os latidos e a atiçada consciência de si até o além de si. O aprendizado do instinto. Ver pra crer.

Passaram-se os anos, ele engordou com tanta ração diária, obrando seus troços fedidos aqui e ali como outros parceiros animais, se limpando com pedregulhos, sabugos ou folhas verdes de uma tigüera paredemeia, com o passar do tempo a inoportuna coleira rude e gasta estragou, o velho deixou que ele ficasse solto, como alguns outros animais domésticos, vagabundeasse por ermos dali, logo ele era como um galo de briga, um tatu caseiro, uma araponga, um cachorro vadio: fazia parte da casa, para graça de alguns passantes curiosos e cheios de gracezas, já que a história do causo correra mundão afora, e ele era agora o exótico filho-cão do Seu Eça, que o poupara porque ele tinha espírito do dianho no corpo, e ainda vivo, forte, foi crescendo, com medo, com frio, com raiva, ora de um grito de lobisomem que só ele ouvia, ou mesmo com bernes e doenças que pegara de seus companheiros caninos de vidinha caipora rente ao chão da sesmaria.

Passou-se um balaio de tempo, luas e chuvas, dormindo ora no porão, ora no paiol de trastes velhos, ora sob um pessegueiro florido ou um resto de trator quebrado, certa feita o velho teve um siricotico, foi internado - com tanto afrodisíaco pra peleja sexual noturna - que não resistiu, deu com os burros nágua, viajou fora do combinado, foi cantar na freguesia do céu. Morreu de infarto. Tiro e queda.

Os filhos sumidos voltaram, ressabiados, ora pro velório, ora pra reza a São Benedito, e acabou a Zoraide magricela e desenxabida se tocando, indo se aprumar num canto velho longe da casa-grande central, o insabido menino-cachorro foi trazido para o último olhar ao pai morto com rosário na mão murcha, depois o vestiram como gente que era, choraram juntos, deram tratos ao caçula recomposto ao redil, somas de caprichos de aprumos, tudo mudou, ele perdoado e no seio da família juntinha de novo. Mudança da água pro vinho.

O velho foi enterrado no Cemitério da Saudade de Itararé, os três irmãos aguerridos assumiram a fazenda, renegaram Zoraide, que a viuvinha fresca foi se entrincheirando nos cafundós do fundo de casa, um paiol, o Jubileu voltou a estudar, terminar o primário, aprendeu também sobre montarias, lavouras e empecilhos sazonais da terra, tornou-se pau pra toda obra num arado, mas, sinceramente nem pensa em garrar a cidade de Itararé para fazer vida com a grana do pai ou montar negócio de secos e molhados próprio, como se o feitiço se tivesse desfeito com a morte do genitor metido a sebo, e ele tivesse se saído bem, apesar de tudo.

No entanto e apesar de tudo, Jubileu às vezes ainda tem um siricotico de intenções (seria um disfarce inconsciente?) e sonha escondido – como uma defesa, um punhal de groselha preta no íntimo pisado - em ser um Mágico famoso, trabalhar num emboaba circo mambembe, exótico, pensa em rodar o mundão sem porteiras, morar na Espanha, na terra de seus antepassados avós imigrantes, e guarda com carinho, muito carinho (como uma doença, uma toleima, um crime e castigo) um embrulho quase butim, que seu finado pai lhe deixou de herança secreta, clandestina, para o caso de um dia ele voltar à si, sair de alguma forma de sua estranha e bizarra mimese, mas Jubileu, com medo, um medo inexplicavelmente bisonho, não quer abrir o Pacote de Restos, como chama o encardido embrulho amarrado em folhas secas de uvas, mais um barbante seboso e um antigo rosário falso já com estranho cupim.

Mas, falando sério, a bem da verdade, umas conversas fiadas já começam a correr nas vilas e adjacências da bela cidade de Itararé e região por atacado, encrencas afiadas penduradas na linha do ouvi-dizer, maledicências ou verdades saradinhas.

Zoraide, desacorçoada, insegura, sem chão, magra e abandonada que só vendo, nunca mais saiu da toca.

Pior.

Dizem que Jubileu está comendo o osso.

PARTE VINTE E NOVE

-Ai que preguiça! – Severino meu bom menino, o que falam de mim na rua, o que o povão acha desse seu Pai Patrão, se sou ruim, se sou frouxo, que sou corrupto ou ladrão, ou se sou o novo Pai de Todos, Pai dos Pobres, como Vargas?

-Não falam que o sr. é ruim, mas uma peste que é pior do que ruim, porque foi bom só pra economia do Brasil, não pro povinho do Brasil.

-Sei. Só essa lengalenga? Básico. Papo aranha.

-O sr. governa pros banqueiros, pros ricos, pros estrangeiros, pros poderosos, burgueses, a tal classe dominante, a elite branca. Tá mais preocupado com a moeda do que com o bolso dos fracos e oprimidos.

-Sim. Sei. Normal.

-O sr. fez umas privatizações suspeitas, verdadeiro roubo generalizado de grande porte, sucateamento das políticas públicas, a crise do apagão foi incompetência do seu grupelho de governo, privatizou uma empresa e nomeou seu filho diretor, tá na mesma cumbuca dos que vieram antes do sr, militares e civis, ou seja, não rompeu com uma caterva...

-O povo é quem diz isso, Severino, ou você arranjou de inventar, talvez tirar da boca daquele seu amigo poeta de Itararé. Ou, vá me dizer, quem sabe foi aquela professora ruivinha que você anda comendo que passou isso para a classe inteira, hein, Severino? Severino, não seja deselegante, venha já aqui, seu manteiga derretida! Que demais! Que merda!

PARTE TRINTA

-Severino, tenho a ficha completa da ruivinha Professora do seu curso noturno de Supletivo, em que você faz trabalhos e provas sazonais. Ela não é boa bisca, viu só? Tem culpa no cartório. É TNT puro, a vagaba, bem escondidinha num carguinho... arrumando pra sua cabeça, arrumando pra cabeça dela... Aliás, a bem dizer, você entregou todas as tarefas do período, todas as provas, ou com ela o desfrute é mais embaixo, as notas são garantidas na alcova, o material escolar que vocês trocam é de baixo calão?

-O sr. não devia fazer isso, Seu Presidente. Não devia mesmo. Não gostei. Putamerda!

-Ora, Severino, curiosidade apenas, você sabe, tenho que saber quem me cerca, tomar preocupações, você sabe, o Lula pode ser eleito, e o PT é uma merda em procurar agulha em palheiro...

-O sr. continua não confiando em mim.

-Eu conheço bem você, Severino.

-Como o sr. bem me conhece, se já deu a entender que nem a si próprio conhece direito?

-Você anda falando melhor Severino, perdeu aquele sotaque Cearense. Parece que a sua professora de literatura anda lhe dando aulas particulares... (Hi Hi Hi)

-O sr. tá sendo inconveniente. Não lhe dei essa liberdade.

-Ela foi do Partidão, viu Severino? O sonho acabou. O murou caiu.

-O sr. quer dizer que ela é Socialista, acredita num humanismo de resultados...

-Mais pra mais do que pra menos. Malemal isso.

-Como assim?

-Ela foi ligada as Ligas Camponesas, comunista de mala e cuia. Uma quase terrorista completinha. Só falta bodoque ou cetra.

-Ela é muito digna. Muito lúcida. Muito dez!

-Sei. Bem mais velha também. Ela também teve envolvida com ataques de coquetéis molotovs, quando de uma das tentativas de julgamento dos Sem Terras no Carajás.

–Coquetel o quê?

–Tá vendo, Severino, ela não lhe ensinou tudo. Só o que interessa pra ela. Você tem muito que aprender, meu faxineiro predileto.

PARTE TRINTA E UM

-Severino, leia uma poesia de seu amigo de Itararé pra mim, sei que você andou fazendo um jogral, e andou declamando algumas com muita propriedade, aliás. Leia, aliás, declame, vá lá. Cansei de ouvir Verdi e de ler Baudelaire em francês hoje.

PARTE TRINTA E DOIS

Poesia:

Poema do Trabalho Escravo Brasileiro

1

Índio não qué trabaiá
Mas que nativo vagabundo!
A gente obriga ele caçá
e plantá
Ele foge pra mata, garra o mundo

2

Escravo não qué trabaiá
Fica com banzo feito carcará
A gente manda ele cuidá
do cafezá
Ele foge e a gente tem que caçá

3

Imigrante não qué se escravizá
Só sabe sê anarquista
A gente obriga ele a trabaiá
são sê turista
Em terra que se plantando tudo dá
Operário pra exploração há

Mas faz greve – qué direito de gente
Se não for escravo como antigamente
de repente
Ainda vão querê elegê presidente!

PARTE TRINTA E TRÊS

-O senhor Presidente é só um Severino que deu certo na vida, por vias tortas, ou sabe-se lá porque vias pouco transparentes... O sr. sabe que gosta de dar nó em pingo dágua, chapéu no vento...

-Você Severino que é uma má espécie de Fernandinho que deu azar na vida, um mestiço, um bastardo inxerido, apesar de puro e aventureiro, algo simplório até, e agora que mal-e-mal estudou um tiquinho de nada, acha que é o rei da cocada preta, até tenta rodar a baiana. Se enxergue, cara!

-Sou o reflexo do sr. mesmo. O sr. teve a mesma origem minha. O sr. é um barrabrava que deixou um nordeste inculto e belo, a custa de seca, latifúndios, azarações, coronéis-bandidos, senzalas, casagrandes, derramas.

-As duas faces da mesma moeda, Severino?

-Cara e coragem.

-Crime e castigo.

-Ah Severino, você tá ficando tão bom, ao mesmo tempo que tão insuportável, você está pensando Severino, isso é um milagre, paradoxalmente que ao mesmo tempo vai ser difícil lidar com você, suportar suas crises, segurar sua promoção... Não sei o que fazer do que você sabe.

-O Senhor Presidente quer me despachar? – Subir a rampa é fácil, não é mesmo, mesmo que muita verdade vá esgoto abaixo? A burguesia fede. A lama cheira longe...

PARTE TRINTA E QUATRO

-Severino, Ai que preguiça!

Hoje eu acordei meio Macunaíma, você me conta uma piada, filho? Sabe, o povo ta comendo frango que uma beleza. Dentadura então, estão cerrindo por atacado. Conte aquela do papagaio. Adoro piada de papagaio. Me lembra o Sérgio Mota, pobre Sancho Pança, um laranja confiável.

PARTE TRINTA E CINCO

A Piadinha.

O PAPAGAIO RESMUNGÃO

Um homem comprou um papagaio, mas, quando chegou em casa, foi aquela decepção!

O papagaio resmungava, reclamava e xingava o dia inteiro. O bicho era uma merda mesmo.

O dono tentou amansar o louro lendo poesia, tocando música clássica, mas não teve jeito. Uma frustração e tanto.

Passou a gritar, bater, ameaçar, mas o papagaio ficava pior e foi um pandareco... Num momento de fúria, o dono pegou o papagaio e jogou-o dentro do freezer. Que se danasse.

O papagaio começou a xingar de tudo quanto era nome, mas, subitamente, menos de 20 segundos depois, calou-se sem terminar o ultimo palavrão. Silenciou-se, finalmente.

Pensando ter matado o papagaio, o dono abriu a porta do freezer e o louro começou o discurso:

"Sei que meu linguajar tem sido mais do que inapropriado a este salutar ambiente de família, e que minha açodada atitude não condiz com a atenção que o senhor tem me dado. Gostaria de apresentar minhas sinceras desculpas e colocar que daqui em diante me portarei adequadamente...ao seu inteiro dispor"

Surpreso com o resultado, o dono ia perguntar o que havia feito o papagaio mudar de idéia quando o louro, quase chorando, perguntou, de supetão:

"Só por curiosidade: o que foi que o frango fez?"

PARTE TRINTA E SEIS

-Sabe Severino, falo várias línguas, leio em várias outros idiomas também, até manjo algumas línguas mortas, mas, claro, pegador, bonitão, charmoso, leio lábios também, inclusive lábios vaginais; sou um intelectual de alto gabarito no primeiro mundo civilizado, tenho um português além do seu coloquial, o meu é de primeiríssima qualidade, poderia dar à você tudo isso e muito mais, encargos, funções, entornos, um nome, uma legenda, aliás, com o que tenho de cultura e inteligência, posso prosear meia hora com você, usando um português de primeira linha, que você não entenderia um tostão sequer, eu poderia discorrer sobre a dicotomia do paliativo analítico entre o marxismo e as culturas sazonais da América Central, entoaria um bocado o arame da verborragia clássica e você babaria de intenção vazada, não entenderia nadica de nada, entende, pensaria que eu, uma figura ilustre como um Imperador Grego, ou Marco Polo, estaria falando outra língua. Essa é a diferença Severino, que você não quer compreender, quem é pobre, que se satisfaça, quem é rico que vá passar o final de semana em Monte Carlo, ora essa...

-E toda essa experiência, toda essa gana de poder, todo esse ego doentio, toda essa bagagem não faz o Senhor Presidente enxergar que o país tá num miserê desgraçado, nunca se viu tanto pobre, tanto desemprego, tanta violência e impunidade, tantos excluídos sociais, descamisados, o holocausto da rua da amargura, e os sr. aí todo garboso, capacho de banqueiros, arrotando santidades, refém de liberais xaropes de currais eleitorais históricos, um pária que não fez nada pro povão, mas é recebido com tapete vermelho de sorridentes banqueiros no exterior, ganhou fama entre os poderes internacionais, é respeitado pelos ladrões que têm medo do Risco Lula, na verdade, o sr. com todo esse aparato formal, essa etiqueta, bom gosto e simpatia que seja, bom de papo e cheio de si, não fez nada além de uma obrigação, mal fez a lição de casa, viaja sempre para fugir de uma realidade que não conhece, posa-se de dono da verdade, mas, se por um dia, como no livro O Príncipe e o Mendigo, o sr. trocasse de papel comigo, não para as farras clandestinas, para as putarias de néscios, mas para andar por esse país, conhecer os quintais das periferias de pobres, pretos, mestiços, encardidos, humildes e desamparados, a periferia sociedade anônima, iria saber de um outro país, em que não é a décima economia do mundo, pois estamos perdendo em tudo pra Índia, pro Paquistão, e o sr. se achando o rei desse mundo sem eira e nem porteira, o rei da cocada preta, como se a parecer um marionete mamulengo nas mãos de usurpadores, e nós aqui nesse insano palácio, como se um ingênuo que pensa que só ganhar é ser

alguma coisa e pronto, não mudou nada, é até um Itamar piorado, um Sarney com menos palpas na língua, um Collor disfarçado de cidadão de tradicional família.

O sr. me dá pena, senhor Presidente, o sr. me enoja...

-Severino, venha já aqui! Peça desculpas! Como se atreve esse bandido! Pobre quando come mel, se lambuza, que kid encrenca pra patuleia ouriçada estou engordando, confinado aqui...

-Vou dar um castigo exemplar pra você, seu traste, você vai trabalhar com o Alckmin três meses, vai ser um outro aspone daquele insonso picolé de chuchu de minha Sampa Desvairada, o estado-máfia.

-Sr. Presidente?

-Senhor Severino. Que porra de formalidade são essas agora?

-Ué, o sr. viu perequitinho verde hoje, é?

-Ah rapaz, nem fale, vi uma vulva alegre ontem... e você sabe que leio lábios vaginais...

-Pronto, desandou a polenta, a fera falando das belas.... Um dia o sr. ainda vai entrar bem com um par de pernas...

-Ah querido, as pernas são as primeiras coisas que a gente bota de lado...

-Bostiou tudo...

-Como assim? Baixou o vocabulário? Diga lá, o que falam de mim à sorrelfa, à boca pequena?

-Que o Lula ainda vai ganhar e botar o sr. no sovaco?

-O ignorante da seca que saiu atrás de um rio e prometeu levar água para a terra dele? Ah sonhador...

-Sim, vai ganhar e o sr. vai encher a bombacha, quero dizer, vai dar com os burros n'água...

-Que nada, cara. Ele vai topar de frente com as capitanias hereditárias ainda no poder, os filhotes impunes da Canalha de 64, mexer com os podres historiais da justiça amoral, dos tribunais, da mídia, da elite aliada a agiotas estrangeiros, vai pisar na merda. Vai querer ajudar pobres, já pensou? Pobre cabeça chata... não sabe onde está se temendo... já ferraram Gandhi, Mandela, e tantos outros...

-Vão aprontar para cima dele. Como fizeram com Getúlio, Jango, Juscelino. Capaz de inventarem uma amante para ele, um flagra de drogas, um apartamento qualquer, um sitio, vão achar um juizeco-marionete de algum antro fascista pelaí, e vão acabar com a sina dele...

-Sou maquiavélico, então o povo vai me chamar como salvador da pátria... voltarei de Paris num andor, sabe, tenho um belo apartamento chique lá... presente de amigos... O PSDB é bom em arrumar sujeiras para os inimigos, e impunidade para os amigos, que Deus nos livre do mineiro playboy que aquele é um encosto, um traste, um coió metido a sebo... com aquela cara de bosta seca...

-Mas, falando sério, sem me encher o pacová com invencionices de pastas e seriedades administrativas, me diga lá, umas piadas novas, terias algumas novinhas a meu respeito, para a ressaca feliz de novo aqui nessa cidade sem esquinas e com bordéis para excelências cheios de poses espúrias?

PIADAS

01.

Um casal se conheceu numa festa e, depois de uma longa paquera, foram parar no motel. E tiveram uma noite inesquecível. No dia seguinte, ao acordar, eles se entreolhavam apaixonados. No que o moço disse:

- Essa foi a melhor transa da minha vida. E, depois de tudo, pude perceber que você é uma cabeleireira.

- Sou mesmo. Como é que você adivinhou?

- Pela maneira com a qual você tocava meu cabelo na noite passada.

- Eu também sei o que você é. Você é coxinha tucano militante. O rapaz, muito surpreso, indagou:

- Como você sabe disso?

–Bem, muito simples: enquanto transávamos, percebi que quando você estava por baixo, gritava muito e, quando estava por cima, não sabia o que fazer...

-0-

02.

Aconteceu no Congresso Nacional...

- Seu Presidente, quer fazer o favor de tirar a mão do meu bolso?

- Perdão, excelência. Pensei que vossa excelência estivesse distraída despachando mais uns novos pacotes contra nós....

-0-

03.

Um avião cheio de políticos famosos de direita rancorosa caiu próximo a uma fazenda, logo o assessor do prefeito correu lá e perguntou para o dono da fazenda.

- Por um acaso o senhor não viu um avião de farra caindo por aqui não?

- Vi sim. Acabei de enterrar todos eles.

- Rapaz! ... estava cheio de político famoso! Afinal, estavam todos mortos?

- Olha moço, eu até que perguntei, teve alguns que levantaram a mão branquela, mas político de São Paulo, desse corrupto antro neoliberal mente muito!

-0-

04.

Vinha o Fernando Dois e uma comitiva de seguranças asnoias caminhando em uma rua quando o presidente poliglota e galinha se viu apertado para urinar:

- E agora, amigos, o que eu faço?

- Faz aí mesmo, senhor presidente. A gente faz uma barreirinha!

Nisso, um guarda que passava viu o ato em via pública.

- Ah peguei! Isso é atentado ao pudor! Ops, desculpa senhor presidente doutor na USP e na França, não vi que era o senhor...

- Não, cara, a lei é para todos. Se o que eu estava fazendo é errado e você vai me multar e até prender se for o caso, tenho a justiça no bolso, o tribunal no cofre, o procurador na gaveta...

- Senhor presidente, não vou prender o senhor não...

- Vai sim, se tiver na lei...

- Não, não vou...

- Vai!

- Senhor Presidente... o senhor já fez tanta cagada, tanta cagada, que acha que eu vou prendê-lo por uma mijadinha de nada...

-0-

05.

Na prova de química, foi perguntado:

"Qual a diferença entre DISSOLUÇÃO e SOLUÇÃO?"

Resposta de um aluno anarquista graças a Deus:

- Se colocarmos um político brasileiro de direita num tanque de ácido para que se dissolva, será uma DISSOLUÇÃO.

Agora se colocarmos todos os impunis tucanus corruptus, será uma SOLUÇÃO.

-0-

06.

Joãozinho para na frente da Câmara de Deputados, encosta a bicicleta e um segurança logo aparece e diz:

- Ô menino, tire logo a bicicleta daí que os políticos do partido dos tucanos têm convenção secreta aqui de lavagens de propinas e acordos de cartéis, e logo vão passar por aí.

E Joãozinho responde:

- Não se preocupe, não, seu guardinha, coloquei o cadeado!

-0-

Puta merda, eu aqui me esforçando numa pantomina desgraçada, e o filho da puta dormindo que nem um eunuco de faraó depois de encher as burras com dinheiro, mulheres e medalhinhas do exterior.

Ninguém merece.

Vou pra Cuba.

PARTE TRINTA E SETE

- Você já pensou em tirar umas férias lá no seu Ceará, na sua cabocla aldeia de Crato, Severino? Aquele sol, aquele calor, aquelas bundas quadradas daquelas cabeças chatas peitudas?

-Prefiro trabalhar nas férias, fazer cursos, aprender mais, aprender muito, aprender no batente. Sair do meu miserê cultural.

- Bom esse meu menino. Mas, sabe, eu gostaria de dar-lhe alguma coisa mais do que o cargo aqui, Severino. Cite dez coisas aí que você gostaria de receber de presente. Sabe, posso intermediar, dar uns telefonemas, conseguir muito para você, eu conseguiria o mundo. Sacou ou quer que eu desenhe?

- E a troca de quê, se me permite a pergunta?

- Ora, não se preocupe. Continue sendo essa pessoa que você é, meu fiel escudeiro de triste figura...

- Eu gostaria que o sr. pensasse menos como os outros presidentes, e agisse mais com um olho em favor dos fracos e oprimidos... os descamisados, excluídos sociais, sem terra, tem teto, sem amor...

- Olha só, o Severino, pensando nos pobres. Como é que pode isso? Não acredito. Sabe, Severino, pobre sempre existiu, bucha de canhão, massa de manobra, são úteis assim, foi Deus quem quis... Sabe, pobre sempre é pobre, não tem jeito. Ademais, pobre é pobre em qualquer lugar do mundo, no comunismo, no terceiro mundo, no capitalismo. Quem nasceu para ser pobre foi marcado para ser. O destino. Quanto mais pobre, mais vai continuar sendo. Pobre, negro, índio, é o destino dos deuses... da história... desde muito antes de antigamente... Deus não os quereria pobres, se não quisessem que sofressem, né não, cabra?

- Sei, e os ricos cada vez mais ricos, principalmente no nosso Brasil, hein? E os pobres cada vez mais pobres.

- Isso. Isso. Isso. É da vida. Você mesmo, vai estudar muito, vai trabalhar muito, ralar feito um condenado, um suicida, mas nunca vai ser rico, nem brilhante, nem bonito, nem ter posses... a não ser que eu estenda minha mão de Midas para favorecer você.

- Quer dizer que, além de ser uma espécie assim de meio marajá-faxineiro, ainda posso em sua intermediação faturar algum por fora, levar vantagem, prevaricar, na mão leve, na mão boba?

- Ora, não seja tão ético, nem me esculache, não se melindre, não faça essa cara de tacho. Coisas da vida. Se eu não apaniguar você, quem o faria? E depois, entra um e sai outro, todos fazem um pé de meia. Por que você quer ser diferente, meu caro?

- Não sei se teria a cara de pau, a coragem. Deus meu!

- Ora, ora, é só você perder a virgindade da primeira vez, quebrar o impacto psicológico do primeiro servicinho sujo, depois você perde a vergonha, ganha coragem, vai faturar muito, vira neoliberal, sabe, é dando que se recebe, uma troca.

- Como o PC Farias? O Paulo Preto?

- Ora, meu caro, todo mundo tem sua eminência parda, seu sombra, seu PC Farias.

-Deus me livre.

- Bem, com um sol desses em Brasília, com um céu desses fenomenal, lindo, com essa papelada burocrática toda pra assinar, só começo a cruz do dia de hoje se você me contar uma piada suja.

- Outra?

- Ora, você é melhor com o seu jeito todo simplório de ser, com as piadas, do que com a vassoura que é só de enfeite, não é mesmo?

- Nem me fale, nem me fale!

PIADA

O executivo todo feliz no banco, quando o Manuel Português cobra:

- Ora, que alegria é esta, pois?

E o subgerente explica:

-É que ontem, ao estar na transa com a minha patroa, no bem-bom da intimidades, discretamente saquei do revólver debaixo do travesseiro aonde tinha deixado tudo pronto para hora agá, e quase no frenesi dei um tiro pra cima e foi uma loucura. A minha esposa assustada contraiu as partes íntimas e tivemos um prazer em igual, uma loucura, fora de série. Faça o mesmo, Manoel, você vai se pendurar no lustre sem ter lustre.

Pronto. O Manoel ficou encafifado.

Pediu detalhes, foi pra casa feliz depois de fazer o caixa bater.

Dia seguinte volta todo emburrado, cara de quem comeu e não gostou. Feição de Serra vampiro da Saúde.

-E daí Manoel, como é que foi o pega, diga lá, fez direitinho, foi bom para você?

-Eu "me sifudi-me". Danei-me, ô raios!.

-Conta, conta.

-Pois não é que eu lá estava a fazer meia nove com a minha patroa, quando puxei da garrucha e pá, dei um tiro pro pro alto e foi um pandareco. Minha dona cagou-me todo e ainda salta lá um lazarento com as mãos pra cima do guarda-roupa, todo pelado e a gritaire feito um aloprado: -Não me mate, não me mate...

PARTE TRINTA E OITO

-Sabe, Severino, eu tinha planos pra você. Achei que você levava jeito. E eu nunca me engano. Como pude me enganar com você?

-Já sei, assaltar um banco. Criar outro plano real fake. Cobrar CPMF da saúde e desviar tudo de novo? Emprestar dinheiro do banco Central para as privatizações-roubos e ficar com comissão, deixando as moedas podres?

-Nossa, você está com bom humor hoje, hein? Afiado que só vendo. Mas nem ligue. Não há muita diferença entre montar uma agência bancária ou em assaltar um banco, é tudo roubalheira.

-E o sr. entra aonde nesse roubo? Faz parte da caixa preta do caixa dois?

-Já vi tudo, Severino. Você anda escutando atrás da porta, anda sondando as minhas amizades suspeitas. Ando com medo de ter medo de você Severino. Não me deixe com a consciência pesada. Não cuspa no prato em que comeu.

-Estou estudando, estou aprendendo, sabe, eu vejo coisas agora que, quando vim pra cá não enxergava. Não via, nem sacava que existia. Ah os bastidores dos podres poderes... Santo Deus!

-Tenho medo que você seja um perigo pro sistema, Severino. Não me deixe sem opção.

-Sei, conheço a musiquinha do Raul Seixas que diz que, "quem entra em buraco de rato/De rato tem que transar..." Eu pesco muita coisa, cheiro muito podre, às vezes tenho medo do sr, Presidente.

-Vamos mudar de assunto, Severino? Conte um causo aí pra desanuviar o ambiente. Sabe, as paredes têm ouvido e você anda muito sabido pra esse lugar

CAUSO DE ITARARÉ:

Efeito Colateral

Nelson Coelho era pegador mesmo. Apesar de bem casado com uma peituda ruiva Argentina de olhos de amêndoas e lábios de mel, ele não era de fritar bolinhos, o tranqueira infiel. Chefe do Departamento Pessoal da multinacional Orion S/A, catava as minas pedaçudas que dessem mole, no dizer dele, que marcassem bobeira, porque com ele, que era fera, era uma no cravo e uma na ferradura, por assim dizer. A tipinha, inocente ou não, bobeava, e ele, lábia farta, handicap de paqueras, saliva de romântico de ocasião, faturava e depois tiau, bença, fui. Nem te ligo. Era uma caipora lazarento de galinha, tá sabendo?

Tinha estilo, claro. Tinha charme, o porqueira. Sabia o favo das circunstancias que coincidiam a seu favor nas estratégias das técnicas de sedução. Roupas de bailes, festins de parabéns, cesta básica, amigo secreto, e, quando se via, tóim, mais uma zinha pro eu acervo oral com riquezas de detalhes. Se cobravam que ele era bem casado, ele fazia tipo solidário, e dizia que a patroinha estava com câncer no seio e já nem dava mais no couro com ele, de insensível e frígida que se restava, tadinha dela.

Sabia muito bem as fraquezas femininas, e, no flanco, com delicadeza e know-how, o estrupício triscava de bandeja. As, ponhamos, seduzidas e encantadas, ou ficavam quietinhas e tudo se restava por isso mesmo depois do desfrute, ou, dando com a língua nos dentes, iam cantar noutra freguesia, demitidas que eram. E elas sempre precisavam do emprego, moralismos à parte.

A maioria das coitadas engoliam a seco o desfrute a que se quedaram, odiavam para sempre o traste, mas ficavam esperando e torcendo para que ele, um dia, pegasse uma doença fatal, engravidasse uma filhinha de papai valente, ou desse de-assim com os burros nágua. Se uma tipa babaquara engravidasse por acidente de percurso em situação ilícita, ele prontamente pagava o aborto, que até forçava que fizesse na marra. Se era virgem sem tirar nem pôr, ele se prevenia que era cabra rodado, macaco velho nas patifarias. Que tipo.

Mas, um dia, e sempre tem um dia nas havências do reino do "era uma vez", aconteceu o improvável dentro das leis das improbabilidades mágicas. O céu por testemunha. A estagiária de direito que entrou no Setor Contencioso do Jurídico da firma era muito bonita e, a bem dizer, não era flor que se cheire. Nem por força.

Quando Nelson Coelho a viu, ficou boquiaberto, foi um desbunde geral nos seus sentidos e presunções, um desboque nas suas estruturas até psicossomáticas. A mina, loura oxigenada, nome Nanci Estrela, lábios carnudos, pernas na Vera Fisher, olhos tristes de songa-monga, era, digamos, um monumento de pedaçuda de corpo, uma cavala mesmo, só que dura na queda, resistente pra mais de metro, não era próprio dela os deslizes, muito menos se aventurou em gracezas ou entregas, nem por causa de galanteios ou conversas fiadas pra boa bisca dormir.

Quanto mais ele, o Nelson Coelho, investia nos trâmites da falsa paixão a primeira vista com bregas retóricas de elogios, querendo tirar uma casquinha, ainda mais ela, a Nanci Estrela, punha empecilhos e não se mostrava com eventuais derretimentos por ele. E ainda se vangloriava, claro, na dela: era virgem, era crente, tinha namorado de aliança compromissada, era direitinha, não queria saber de má intenção, assédio, muito menos aventuras banais. Foi por aí o desmanche das aproximações como jogo de cena de retorno. Só por Deus. Nelson Coelho ficou pirado.

Não acreditava. Ficou quase louco. Será o impossível? Onde já se viu aquilo, um homão com a experiência toda posta a prova? Tem cabimento? Coração molóide ou pantomina de novo estilo? Vá saber. Queria faturar a mina vinte anos mais nova, era questão de desafio, orgulho, nunca ninguém tinha ousado tanto, em resistir. Estaria perdendo as estribeiras ou ficando feio, vaidoso que era? Benza-Deus.

Até que a pretendida bobeou feio na área. Pisou na maionese. Brigou com o namorado almofadinha, baixou a guarda da defensiva, quando Nelson Coelho sacou aqueles olhos murchos, tristes, de butuca captou algo no ar, caiu com uma nova falácia de "ombro amigo; um beijo, um abraço, um aperto de mão", e, abrindo a perspectiva de um novo diálogo, panca de urutu querendo armar o bote, fazendo-se de puro e inocentinho, "amigos para sempre", convidou-a para um jantar a luz de velas num restaurante italiano caro e chiquérrimo. Ela não deveria ter concordado. Ele prometeu largar a patroa, pediria divórcio, ainda deu um par de brincos de imitação de platina de presente, prometeu ainda casar direitinho com ela de véu e grinalda, essas birutas cantadas de burrezas pegajentas, que as mulheres, carentes, com cicatrizes, frágeis, às vezes engolem de mão beijada. Foi na fiúza a Nanci Estrela, que estava como se querendo provar alguma coisa pra si mesma, se vingar, se agredir, punindo-se por causa de alguma fala exagerada do noivinho com conversinha rastaquara fora de propósito que a tinha magoado muito. Tudo pela autoestima revisitada?.

Jantaram fora o prato fino, louças de cristal. Drinques, lagosta, cedê do Sinatra de presente, juras de amor. Dançaram com o rosto coladinho. Ele, todo galã, emperiquitado, fazendo tipo, pacote pronto, kit básico em último estilo, na linha de frente pro bote cascavel, o calhorda. Ela, meio na defensiva, meio no ofício de entrega, algo jururu, carecida, ainda mais encharcada de vinho do Porto, mal grunhiu um possível sim de forma tácita talvez aceitando a inevitável cantada de "uma prova de amor" e lá foram pro Motel Maitê, ela prontinha para entregar os píncaros do hormônio atiçado em montada ocasião de risco.

Lá chegando, ele não perdeu tempo, claro, vai que ali perde a imediata acessibilidade do romantismo etílico. Foi indo depressinha que ela estava no ponto, no altar dos sacrifícios. Antes das preliminares pro objetivo final propriamente dito, a pretexto de dar uma desaguada, tirar água do joelho, ele tomou pela primeira vez uma dose especial do milagroso Viagra. Não queria fazer feio, nunca se sabe, numa hora daquelas. Iria deixar para sempre a sua marca na gata dura na queda. Valeria a pena. Era assim, o babaquara.

Girou nos calcanhares e voltou incontinente pra cama da presa acuada e rendida, ainda etilicamente derrubada em corpórea sensual bem convidativa, já na fase dos beijos e amassos pouco correspondidos, sentiu a barriga refugar uma espécie de vulcão Etna e não quis nem pensar em correr riscos desnecessários. Pediu licencinha benzinho, volto já amor, fique calminha aí querida, e se dirigiu assoviando uma balada do Fábio Júnior pro W.C. Foi um esparramo só. Desandou o intestino carregado. A lasanha? O uísque? O peixe? A salada de frutas asiáticas? Alguma química a partir de algum problema neural ou insegurança freudiana? Nem pensou em nada. A flora intestinal desarranjou-se toda.

Nelson Coelho fez-se chuveirinho, vaidoso como ele só, e, saindo amarelo, voltou à carga. Tirou a parte de cima da roupa da fêmea, mal estava ali no chove e não molhe que ele era sistemático e preciosista, e o desarranjo de novo avisou que tinha havido um desboque generalizado, e ele podia correr o risco de não se segurar no côncavo e convexo da peleja corpo a corpo. Mal-e-mal desidratado, se lavando com raiva, perdeu hora no banheiro, tendo que limpar também todo o hall do ambiente chique e caro, tal o seu ocasional problema de desinteria daquelas bravas, um piriri feroz. Pois foi e voltou várias vezes. Diarréia mesmo, quem diria. Uma noite e madrugada lazarenta de inesquecível.

No bem bom, aqui e ali, quase entradas e bandeiras, o mesmo problema sem parar: ou traçava a minha ou se borrava todo nela. Foi mal. Foi um pandareco. Em várias tentativas sofridas, desacorçoado, passado de sono e desmanche fisiológico, madrugada ganhando o betume das sofrências, lá pelas tantas retornou e a pobre coitadinha, cansada de tanta espera dependente, sem as roupas de cima, só com as peças íntima inferiores, tinha, de bode, desmaiado num sono profundo sem retorno. Deu no que deu.

Então o Nelson Coelho concluiu que não aguentava mais, estava frito, e capitulou, rendido as evidências, fraco como uma maria-mole de coco queimado, quase fora de si de tanto sacrifício. Estava até meio tonto e com vômitos, tal a virose que fosse em inusitada síndrome. Dormiu feito uma múmia. Um condenado antes da consumação do crime.

Quando finalmente se viu mal-refeito, o sol ardia a primeira manhã, a tipa, incólume tinha dado no pira que não era bobinha sempre, e ele ali, pálido, esquálido como um coió, precisando tomar chá de cortiça de rolha porque desaguava feito um pote de vísceras. Crime e castigo. Jamais esqueceria a tragédia daquela aventura desastrada onde apostara muito e gastara alta grana inutilmente. Passara em branco.

Segunda-feira, dia de batente, lá estava o Nelson Coelho tomando soro e remédios para a recuperação devida, voltando à rotina, todo frustrado por não ter conseguido seu intento contumaz. Que fora.

A bela gata, por ali, indo e vindo emperiquitada, rodeando, desfilando ainda mais seu charme, a sua mais nova implicância de futura improbabilidade, porque, de algum modo se safara, não cedera, resistira sim.

Estava arrependida e nunca mais agiria daquele modo, censurando-se pelo quase pecado que afinal não se consumou. Também pudera.

Ele, o Nelson Coelho, coitado, contando depauperado todas essas acontecências com riquezas de detalhes, mal se cabendo em si de vergonha, ainda se sente uma canalha, mas, quando ocasionalmente encontra a Nanci de pertinho entre a área contábil e o almoxarifado, olha-a nos olhos, e pensa, ao admirá-la loucamente:

-Tesão!

Mas ele não sabe, o caipora, que ela, mal se contendo na fé e na fidelidade, ainda o desacredita e, de forma concomitantemente ao vê-lo, disfarçando interiormente o descrédito, toda segura de si ao mesmo jocosa refutando pensa:

-Cagão!

PARTE TRINTA E NOVE

-Severino, gostaria que você desse um tempo, fizesse umas viagens, levasse uns trecos pruns amigos em Paris, sabe, estou pra conseguir um passaporte diplomático dublê pra você, você vai com o Ministro das Finanças mais um bando de vaquinhas de presépio que querem um afago no ego e eu, precisando dessa tranqueirada toda pra tramóia, além de nomear a parentalha toda deles, ceder apartamentos públicos, ainda tenho que bancar viagens pra eles irem coçar o saco frouxo lá fora, esses purgantes pidonchos.

-No Sucatão?

-Ué, não sabia que você tinha medo de avião agora?

-Eu tenho medo é do que sei, sr. Presidente. Sabe como é, montam uma viagem aí pra queima de arquivos e eu danço feio.

-Você anda lendo muito Ágata Cristhie, é Severino? Não vá me dizer que você anda abrindo os pacotes sujos de merda governamental que mando você destruir lá no subsolo, hein?

-Fique tranquilo, sr. Presidente. Sou lixeiro, não sou alcaguete, nem quero ser um novo dedo duro, bem sei que a bomba sempre explode nas mãos do mais fraco, o mané que denuncia, o laranja.

-Tô de olho, Severino. Você já não é mais o mesmo.

PARTE QUARENTA

- Sabe Severino, fui no Congresso do Partido, tô um caco. Múmias. Quanta velhacaria. Ex-comunista teórico, ex-anarquista técnico, ex-liberal assexuado, ex-panaca esquizofrênico, ex-MDB camuflado, ex-pervertido com medalhas... ex UDN com hemorroidas dilaceradas, ex isso, ex aquilo, nada além... Mas, faz parte, né não?

- Iguaizinhos ao sr, né não?

- Ora, deixe de chiste. Conte pra mim aquele causo do Pixuxinha, tô numa luxúria só. Vou biscatear essa noite. Quero ouvir umas abobrinhas pra variar, chega de números, organogramas, papéis passados em embustes de todos os tipos, planilhas, estatísticas pra inglês ver, conversa pra boi dormir.

PARTE QUARENTA E UM

O Pixuxinha:

PIXUXINHA

Era o maior papa-tudo da paróquia. O verdadeiro Ricardão latino-americano. Com ele não folgava uma. Dessem ou não na telha, tivessem a fim ou não, se ele botasse olho gordo, quero dizer, se botasse canjica na fervura da libido pra faturar a lambisgóia, a tipa tava definitivamente azarada. E capitulava sempre. Bonitão, bom de papo, rei da pegação, com o Macalé dar bandeira era entrar numa fria. Era expert e esperto. A finzão de uma mina, tinha lábia, jeito, estilo, papo, e, com paquera de curto ou grosso calibre, sempre faturava. A bem dizer era um aprontador sem igual. Pior: as que caiam na sua lábia de cafajeste, se apaixonavam, quando ele então mostrava tipo de que fora só uma peleja ocasional de desfrute, antes de se sentirem usadas ou vítimas de ocasião, as fêmeas pedaçudas se sentiam felizes por serem tão bem escolhidas, se sentiam privilegiadas por terem caído no golpe com todo gestual de galã, davam-se por especiais e aceitavam estar na sua linha de passe, no seu alce de mira, como mais uma presa sexual a ser caçada por ele. Eram felizes e sabiam que valia a entrega plena, total, em êxtase. Ele sempre se saia bem de seus ataques mirabolantes, de sua lábia doce, de seu jeitinho todo chique de faturar numa boa e sair inteiro, por cima da carne seca.

Isso foi desde quando perdeu a virgindade ainda de forma precoce, lá no antigo Siriri das Andorinhas sem Breque da Estância Boêmia de Itararé. Tinha namorado firme, tinha paquerado a vontade, tinha vivido maritalmente com umas e outras, loucas e virgens, arranjado amantes, musas, acidentes de percursos e danações, mas ali estava cismando seu futuro, maduro, cinquentão, pensando o que fazer do resto de seus dias na tábua de carne da terra, conjugando um cismar e um empirismo sobre a lição da viagem de existir. Tinha aprontado poucas e boas. Era o rei da cocada preta.

De secretária a freira, de colega de trampo a professora, de médica a filha de síndico, de juíza a turista, de Maria Chuteira a pelancuda, enfim, tinha história pra contar sobre brancas, pálidas, amarelas, vermelhas, mamelucas, enfim, numa soma, era o homem mais sortudo e feliz varão do mundo, assim se achando por saber que não tinha mulher difícil, tinha mulher mal cantada. E com ele era, literalmente, uma no cravo e outra na fechadura. Chegava no macio, deitava falatório, seduzia oralmente e depois era dar a marca de sua presença, garanhão, servidor, realmente o maior papa-tudo que o sul do equador já conhecera. Meio Eduardo Suplicy, meio Chico Buarque de Holanda, meio Caetano Veloso, Carlos Casagrande, meio Vampeta, ele tinha seu jeito, seu charme; cair em seus braços era chegar aos céus, ser trocada por outra era uma sensação de ser bem escolhida e provida, e assim ele ia levando a toada da vida, até que num beiço de setembro, tarde sem sol, ar madorrento de Sampa 450 anos, peito arfando, prelúdio ao longo da Rodovia Raposo Tavares querendo vestir as calças do breu, e ele teve um chilique no ego doentio, uma danação no íntimo transido, pesando futuros e companhias, com uma tristice de melancolia latina invadindo o puxadinho de sua solidão quirera. Não matutou muito. Decidiu e pronto. Tava cheio daquela vidinha de, marombado, boa grana, curso superior, estar sempre na pegação, predando, caçando, faturando umas e outras. Estava entrando num tempo que era melhor ter companhia, arroz-e-feijão em casa, do que dividir lasanha quatro-queijos com estranhos e correr riscos.

Iria largar aquela vida de pervertido sem-vergonha, de tarado, de azarão de vítimas inocentes saradinhas e inúteis balzaquianas carentes. Queria paz, amor, afeto, arroz-doce e muito mimo. Tava carente, o danado. O céu por testemunha.

Então decidiu que iria se casar. Estava resoluto. Sim, daria um último golpe após uma bela seleção e escolha caprichada para uma sedução terminal e peremptória, arrumaria uma mulher para ser só sua para sempre, a paixão de sua vida, se declararia, casaria, teria um lar, uma montoeira de filhos sardentos e ranhentos, seria feliz, teria paz, poderia até contar pros amigos velhos na botcha que fora o maior comedor do mundo, mas achara a sua musa amada, a sua mulher ideal, a sua Amélia de verdade, e assim sossegara o pito, sossegara o facho, entrara pro time dos casados de papel passado e tudo.

Tava decidido. Mas aí pintou sujeira, sacou inédita polêmica como toleima. Será o impossível? Havera de ser com ele.

-Como saber se a zinha prestava?. Era difícil. Pensou, conferiu, matutou, consultou amigos; era mesmo muito imprudente e bocó confiar numa mulher assim sem mais nem menos, todas eram volúveis, achava ele, galã e machão. Como saber se a mulher ideal era mesmo a certinha, aquela em quem poderia confiar seu amor, seu sachê de prazer, sua sede de sexo, suas posses, conhecimentos, pertencimentos e intimidades?

Ficou meses encruado nesse questionamento quirera. Era duro de lidar e ali tava uma empreita dura de apalavrar. Até que uma madrugada, ferrado no sono, ainda guardando consigo aquela desconfiança de predador, eis que veio a triste revelação por um duto de um refluxo do inconsciente. Era isso, como não pensara logo naquilo? Tinha de ser. A única saída.

Mostraria a genitália masculina pra pretendida, e como a mulher respondesse no inusitado do momento, no seu entender, ele saberia se a tipa prestava ou não, se era de miolo mole ou gente fina da melhor espécie. Era um risco que tinha que correr. Foi à cata.

Num baile no Juventus da Mooca, Sampa de final de ano, viu a morenaça de quase dois metros, miss primavera de uma faculdade privada da região, então, cara de pau, bem ao seu jeito, chegou-se para a garbosa morena que pedia um gin-tônica e, dissimulado mas sem corar, mostrou o dito cujo.

A moça de olhos castanhos e boca de Gina Lolobrígida olhou aquilo dependurado e bufou raivosa: -Seu sem-vergonha! Guarde esse pinto ou eu vou chamar meu pai que é amigo do Romeu Thuma.

Pronto, pensou o Macalé, aquilo não era mulher que prestava, sabia o que era o órgão sexual masculino, já tinha visto, não servia pra candidata a candidata de noiva e esposa, com a qual, claro, casaria e exigiria véu, grinalda e intimidade intacta pra deixar seu gabarito como marca.

Partiu pra outra.

Num jogo do Timão contra o Coxa-Branca do Paraná, o Time do Coritiba, viu uma polaquinha toda jeitosa com sotaque sulista e, ao vê-la ir comprar cerveja preta na bodega do Pacaembu, todo esperançoso tirou aquilo pra fora e, dando um assobio pra chamar atenção, apontou com o dedo indicativo direto pra moça. Que viu, sorriu algo encabulado, claro, mas refugou, dizendo: -Tá carecido, hein, guri? Guarde esse falo ou vou chamar o diretor de bateria da bandinha de minha torcida e ele vai dar uns belos sopapos em ti.

Pronto. Aquela branquela cor de mandioca descascada já tinha visto, sabia até um nome diferente e bonito. Não prestava. Se sabia o nome já tinha usado. Não servia.

E lá foi ele levando a vida, pegando uma ora aqui, outra ali, mas sempre sondando a ideal para dar um fim às orgias e baladas.

Numa pescaria em alto-mar a partir de Cananéia, litoral sul paulista, viu uma argentina ruiva muito das boas, seios de mamão, e, andando com ela pelo corredor do barco, rumo ao camarote sentido dos fundilhos da embarcação, tirou o negócio pra fora e se assomou, mostrando pra garota, sondando o retorno, até que a tipa gritou sem perder tempo:

-Guarde esse cacete, seu porco!

E assim foi a lida. Não acertava uma. Todas conheciam, todas eram viciadas, todas manjavam bem do instrumento, tinham experiências danosas, portanto só lhe restava virar padre, entrar pro convento dos capuchinhos descalços e casar-se com a purgação católica e as orações sósias do recolhimento desse mundo cão. Isso mesmo. Cansara de sexo. Iria virar padre. Nenhuma mulher prestava mesmo para ser sua, só sua, na alegria e na tristeza, no amor e na dor, no fubá e no caviar.

E assim se passaram os anos.

Aqui e ali, pintava uma chance, deslocando uma cabritinha nova, lá estava ele com o pinto de fora, e havia sempre uma zanga, um repúdio, uma reclamação, uma marotice dando nome ao objeto indicado com sem-vergonhice. E a tipa soltando o verbo.

-Seu cachorro. Guarde esse cacete. Vou mandar meu marido mostrar o dele pra você, seu estrupício, seu porqueira, seu débil mental!.

Coitado do Macalé, tava desacorçoado. Chegando nos cinquenta e lá vai pedrada, e nadica de achar a mulher de sua vida, a parceira ideal, segundo a sua lógica absurda.

Um dia foi passear lados de sua terra natal, a Estância Boêmia de Itararé, chegando perto da divisa com o município de Itapeva, resolveu tomar uma tubaína de limão gelada no boteco do Rio Verde, área de lazer da cidade com sua prainha de água límpida e transparente, com fundo pétreo e mata ciliar verdinha que só vendo.

Ali viu um tipo caipira, meio coió, algo arigó, comendo um mata-fome de picadinho com a filha, toda tinhosa, vestido de chita, pés de bailarina, olhos miúdos de lambari, cabelos da cor de jabuticaba.

Jurou que era a última tentativa. Por Deus que era.

Mal-e-mal o velhote foi arrotar longe e poder espremer o bucho numa flatulência sonora de porco do mato, e ele tirou pra fora seu instrumento e veio todo romântico pro lado da menina-moça toda pacata e tinhosa ali, empatada, cortando um meio ovo frito entre couve e resto de feijão-jalo com farinha de milho branco.

A moça viu-o, sondou pacata, depois notou seu membro pra fora da braguilha e, cândida e terna como era sempre, murmurou baixinho:

-Pixuxinha!

Pronto. Era ela, pensou Macalé todo entregue, apaixonado da silva, paixão a primeira vista. A menina nunca tinha visto um tróço, chamara seu orgão sexual de Pixuxinha, que bonito, pronto, achara. Benza-Deus.

Quase gritou de felicidade sem fim. O coração fez um baita Tóim como se fosse uma espécie corpórea de Eureka pelo achado que buscara ansioso.

Corta.

Chegou simpático e trancham, conversou o caipira bom de papo e muito serviçal, humilde que era, namorou logo, cativou o clã todo, se apaixonou inteiro e completo pela moça, conquistou-a, foi feliz, teve três gabirus e duas gatinhas, era o homem mais feliz do mundo, satisfeito, completo, caseiro e fora das predações e reinações de tempos em que era o rei dos safados em terra brasilis.

Estava já passando dos setenta, filhos criados, a patroa lá, gorda, cheia de varizes, peitos murchos e caídos, ele ainda todo romântico a amava como nunca, e então, atiçado, resolveu de fazer um chiste de romântico que era, tentando entabular conversa amorosa.

A coitada da patroa com dificuldades passando um escovão no banheiro, ele a cutucou todo tinhoso, ela se virou e disse ainda dolente, magna:

-Fala, Amorzinho.

Então ele mostrou o membro ali dependurado, mais pra lá do que pra cá.

Ela, surpresa, comovida, não acreditando numa recordação daquelas, mirou bem e disse como da primeira vez, muitos anos atrás:

-Pixuxinha!

Ele adorou, matou saudade. Doce memória. Então, passando de se fazer entregue, apaixonado da silva, feliz de mão beijada, ainda cobrou, solícito e entregue:

-Ora bem, ora amorzinho, que Pixuxinha que nada. Pode falar cacete, caralho, pinto, catso, o que quiser.

Danou-se.

Montou num porco.

Então a mulher amada largou o pano de chão depois de torcê-lo para pôr no rodo e respondeu, empinando o beiço murcho e fazendo o gesto correspondente ao que dizia:

-Não amor, é Pixuxinha mesmo.

E completou:

Pinto, cacete, caralho que eu conheço É DESTE TAMANHO!

PARTE QUARENTA E DOIS

- Severino, me traz um copo de água? Mas, olha lá, não vá cuspir nela, nem colocar cianureto, hein meu menino prodígio?

- Severino? O que deu em você?

PARTE QUARENTA E TRÊS

-Severino, viu minha mulher?

-Ela não tá lá na USP?

-Eu sempre acho que ela está aonde não está. E vice-versa. Falar nisso, viste a exigência do meu vice, aquele feição de taquara rachada?

-Também, com as companhias que ele anda, o cara do congresso, seu líder lá, seus seguranças... parece que só presta mesmo o motorista. Um coió como eu. Um tapado com pose na chiqueza...

PARTE QUARENTA E QUATRO

-Severino, me conta um causo de Itararé, hoje. Sem tirar nem pôr. Tô uma draga. Acho que é hormonal. Aliás, pode me prosear de novo aquele Causo de Enterro que um seu amigo de lá conta bem despachado.

PARTE QUARENTA E CINCO

O causo:

O ENTERRO

Quando o velhote Capitão Lazinho Moura, o Seu Lázaro, de tão tradicional família da Estância Boêmia de Itararé capitulou aqui e ali, claudicou depauperado numa ou noutra situação decrépita de esclerosado que era, alguém com tino apurado da família enorme sacou que o patriarca algo avarento e com diabetes iria dar logo com os burros nágua, isto é, iria morrer de uma hora para outra, pois estava com trombose e perto da casa dos setenta. Foi um pandareco. Explico.

Não um pandareco por causa da morte dele que já ia tarde mesmo, estúpido, ganancioso e cheio de bens que iria legar-lhes muitas posses ilícitas num bom inventário e partilha, mas porque, sempre mal-intencionados de estilo acudiram de arranjar premeditadamente tudo desde aquele aviso da morte para quando finalmente viesse a ocorrer mesmo o óbito fatal e, principalmente pela pompa do enterro que deveria ser realmente espetacular desse de tão ilustre político na reacionária ala da alta burguesia latifundiária de extrema-direita da região de Itararé toda, mas porque podiam assim usar disso também para lançarem o neto dele, o despachado e vagabundo Dr. Belisário Moura, outra janota e boçal raposa do clã para finalmente assumir um valorado legado político de mais de meio século, fazer carreira de igual valia, forrar os bolsos caseiros nos cobres, ajudar com belo nepotismo histórico todo o clã, e, claro, além de tudo amealhar ainda mais bens e posses escusas para a parentalhada que em quase cinquenta e cinco anos anos do patriarca ali para morrer entricheirado no sistema a família tivera um aumento de poder aquisitivo acima de cinco mil por cento e, como a mamata estava acabando, eram novos tempos, o Belisário iria entrar no vácuo na liderança política de Itararé que por ora estava entre os Negrãos, os Menks, os Holtz e os Raposos, e que os decadentes Moura, claro, com olhos grandes e interesses escusos queriam o poder pleno de volta pois o poder nesse sentido vicia e a politicalha de corvos idem.

Começaram grosso modo a custear o tratamento do velho que não gastava um tostão a mais que o estritamente necessário, se precisasse latia no quintal para economizar cachorro, e ao seu lado propositadamente postaram o banana do dentista Belisário fazendo às vezes de íntimo, serviçal, querido, prestativo, dissimulado, pau pra toda obra, tudo teatro, enquanto viam se, morrendo o traste do velho que judiara muito da patroa a Dona Orminda Salles Moura com câncer no ovário, bolavam um enterro dantesco, caprichado, antecipadamente contrataram carpideiras às pencas, faziam do momento que deveria por costume muito triste e de horror uma verdadeira assembléia de amigos do alheio que eram seus comparsas do Partido Neoliberal, seus capangas sórdidos, e, claro né, tentariam trazer o máximo possível de autoridades importantes e notórias de fora, comprariam espaços em todas as mídias possíveis, e assim o conclave pareceria naturalmente popularesco de ocasião, o velho Lazinho adquiriria um importante charme e tanto depois de morto, Belisário estaria elevado sobre focos de holofotes e todo o clã ganharia muito com isso, para sorte deles e azar do sentido plural-comunitário da filosofia política propriamente dita. Pois foi como eu disse, um pandareco daqueles.

Tiraram fotos do velho comendo polenta frita com o neto insosso, inventaram falsos apegos teatralmente montados entre um e outro, falsos carinhos da infância e corujisse entojada do patriarca cheio de cãs, montaram declarações poéticas de afinidades por estilo, genética e modus operandi, montaram afetos em fotos coloridas e retocadas, tudo correndo às mil maravilhas no aprumo.

Tinha velório de bóia-fria acidentado em moto-serra na flor da juventude, forçavam o velho desgraçado a comparecer todo impoluto, davam-lhe dinheiro para as flores de praxe, para pão sovado, mortadela de terceira e até, às vezes, nos interessados imediatistas de meio - meio por fora das jogadas políticas contemporâneas - faziam vaquinhas de ocasião, e lá ia o velho com o encalhe de mão beijada e molhada, mais o inconveniente neto metido a sebo, ambos a fazerem a caridade interesseira em curral eleitoral de incautos carentes, na miserável periferia sociedade anônima de Itararé em tempos que se amarravam cachorros do mato com linguiça.

Se tinha um forfé, uma quermesse, uma Feira das Nações, um jogo de final de campeonato de casados e solteiros, uma festa por colheita de trigo ou feijão-jalo, ou qualquer lugar de versalhada como rodeio ou guaiú que juntasse gente de montão, lá estava o velho de terno branco de linho que era sua marca pre-

sencial, seu chapéu de feltro preto, cinta e caixa de óculos e mesmo cartucheira tudo preto, sapatos de bico fino preto, e, claro, sua famosa garrucha alemã que sem ela, ele, a bem dizer, nem era homem, não um homem assim na expressão da palavra com honra e glória real. Mas ia todo escoltado por assessores da família catados às pressas, mais o caipora de lazarento do estrupício do Belisário que como Ser e como humano era mesmo uma porcaria, mas ali, no assento das honras estrebuchadas, desfilando, pastoreando curiosos e posses entre eleitores buchas de canhão, via-se a levantar de novo e paulatinamente a linhagem sem escrúpulos de seu feitio maleixo de fazer política de baixo nível, de baixo calão, e, pagando pingas, camisas de jogadores de várzeas, cartas de baralhos pornôs, botijões de gás, tocos de baseados, remédios e outras tantas subornações aos pedintes e miseráveis que são tantos, os Menks, Negrões, Holtz e Raposos notaram que o velho estava mesmo era passando de mão beijada o seu jeitinho tinhoso de cantar o filé de seu experiente legado para passar ao traste do dentista Belisário que era até mais nó-cego e filho-da-puta que o próprio avô, se é que isso era possível.

Ia Itararé nesse arranjo maroteiro todo, para confeito de artimanhas maquiavélicas da política de péssima categoria, por ferimento da honra, da ética e dos sem escrúpulos no desmanche moral, e, quando ainda estavam todos em pandareco nessa missão de montar situações para logros e armadilhas de resultante futura, já preparando um monumento ao velho, quando finalmente morresse de morte morrida, um túmulo chique de homenagem póstuma acima da média e mosaicos importados, já com contratos de bandas marciais para o enterro, uma falsa quadrilha da fumaça para atirar flores, um manifesto exagerado do partido sujo, uma carta de despedida falsa dele indicando premonitoriamente seu sucessor de sangue, muita tubaína e mortadela já se reservando pro dia que o sem-vergonha viajasse fora do combinado como se dizia na cidade, tudo indo bem nos conformes do planejado num projeto de triste havência mórbida, quando o velho, sem mais menos, sem mais dar um tempo para o calendário do tétrico do planejamento perfeito e acabado, e simplesmente o saco de merda caiu feito um pacote flácido na Praça Coronel Jordão e ali mesmo, sem aviso prévio ou foto de tiau para alguns garraios manietados por interesses espúrios de uma ala marrom da imprensa, simplesmente morreu, como constatou a prestativa Dona Doca da Santa Casa de Misericórdia de Itararé que de presto correu acudir os cavalheiros.

A morte manda aviso mas não manda telegrama. E morrer, para azar de um ou outro que queria tirar uma casquinha da historicidade política do velho e seu legado para enganar uma horda de trouxas, era só questão de tempo e avisar era interessante e crucial para a pretendida operação de promoção final.

Mesmo assim chamaram a fotógrafa Jandira Janson que chegou depressinha com seu sorriso avelã, imediatamente tirou foto interessante do velho caído rente à uma tiririca brava e que foi bem arrumado para ficar bonito e com estética no tombo fatal, seu neto ajoelhado ao lado com a imagem de Nossa Senhora virou enfoque bom no prisma da fotógrafa do famoso Clã dos Janson nessa empreita, subornados repórteres dos jornais da região toda aportaram fervorosos de ocasião, e até, arrumaram uma pobre pombinha cega e de uma perna só que um traste cuidava com muito carinho e atenção, e, ao lado do velho feito um despacho, com um crucifixo de ouro, a pomba sentada na marra, o neto candidato a sucessor e muitas flores de fundo da praça, mais a imagem da Igreja Matriz Catedral de Lírios, foi finalmente montado o primeiro aparato imagético que foi chamativo pra mídia como um chamariz de foto oficial de despedida engalanada pra uso indevido.

Claro que, foi um pandareco mesmo, pior a morte do que a expectativa dela. Tinha parente que, vai lá saber porque favas contadas, motivo ou enternuramento gostava mesmo do velho de alguma maneira ou doce saudade memória revisitada, tinha eleitor babaquara que achava que lhe devia favor por alguma bituca de cigarro ou pomada São Lázaro, como todo mundo sabe que brasileiro de cabeça mole e memória curta perdoa até lixo que morre, pois é generoso nesse sentido de saudade e pleito de dor, o caso é que tudo rendeu muito mesmo, pois, afinal, o velho fora por várias gestões vereador turrão, alguma vez presidente da câmara do legislativo do Palácio Vadico de Itararé, três vezes vice-prefeito arigó, duas vezes prefeito de diploma passado, e uma vez suplente de deputado estadual imprestável e arigó, e, bem ou mal tinha viajado fora do combinado e iria finalmente comer capim pela raiz, criando condolências em emoções passageiras de curtumes exteriores.

Correram daqui em busca de um ótimo espaço pro velório que deveria ser fino, que para o enterro o quase palácio-túmulo estava montado bonito e tão pior que o brega, e que pela promoção do despacho corpóreo até parecia a manjedoura o Menino Jesus. Na Câmara Municipal, o ético Presidente Nehir Carneiro nem quis arranjo de conversa fiada, mesmo levado na lábia para faturar uma bufunfa por fora com uma concessão desse naipe. Não era desses.

Tinha nojo do Falecido, um verdadeiro traste, alegou. Era topetudo, tinha coragem e moral para peitar um desboque daqueles. A muito custo conseguiram um barracão que a igreja católica usava para fazer cursos de catecismos no alto da Rua XV de Novembro, depressinha uns duzentos contratados fizeram do local um improvisado palácio como promessa de ali virar até uma futura igreja da Nossa Senhora de Itararé - que aventaram que o velho em sonho premonitório prometera mesmo construir ainda em vida - vieram bandas de peso, telegramas formais, repórteres cevados a preço de cargos públicos, fotógrafos cabritados e tudo se fez com uma estúpida e bisonha quermesse do corpo do finado Lazinho que foi vestido com condecorações falsas de Comendador, de Benfeitor, de Franciscano, de isso e aquilo, mais medalhas de honra ao mérito, de outras por bravuras em revoluções de águas passadas inventadas para benesses de trocas amorais, e vai por aí o foro das misturanças com vontades de mostrar que ele era o que não era, que ele valia muito mais do que imaginavam. Valia tudo.

A questão agora era o prefeito decretar feriado por três dias seguidos como praxe, luto legal publicado no Diário Oficial do Estado, o alcaide malandro de ocasião com endosso eleitoral refutou tanto até que levou alta grana por fora, e até emitiu declaração de que o desgraçado do morto teria sido o melhor político moderno e progressista do interior do estado mais pujante da nação, o dono da rádio colocou a emissora só com música fúnebre de Bach a Bethovem e lá também faturou alto em cima da hora, alguns colunistas de jornais e mesmo um e outro titular interesseiro teve a sua perdição na cota financeira levantada, enfim, todos cederam espaços a troco de compensações financeiras de grosso calibre, uma outra rádio deixou de plantão no morgue o Repórter Chocolate com promessa de, dia e noite entrevistar todo mundo que pintasse, com indicação severa de montar arapucas de desmontes emocionais se fosse preciso, e aquilo tudo empatou Itararé todinha de uma tristeza sem fim, numa insofrência desajeitada que de uma hora pra outra parece que virou luto oficial de natureza grave, parou a cidade inteirinha, todo mundo entrando de uma forma ou de outra no ágape, inocente ou mal intencionada na derrama de más intenções e verbas fáceis do clã Moura com o seu Belisário no vácuo das atenções, aqui recebendo solidariedade generalizada como herdeiro do Patriarca, ali ele recebendo enxoval de lágrimas ou coroas de flores, ficando na porta do barracão todo iluminado feito um panteão, pintado, reformado e que agora parecia mesmo um suntuoso palácio paroquial feito as pressas, quando começaram a chover autoridades do arco da velha, telegramas, cartas, condolências formais, com todo mundo querendo tirar vantagem pois, afinal, era isso que movia o clã e o seu partido de canalhas agiotas por atacado.

Em Itararé então o pandareco se generalizou. Quem vendia pipoca faturou alto. Os vendedores de picolés cerriam forrados de tutu. Um coió fez um santinho de uma imagem que nem sabia direito se era da Bósnia ou do Afeganistão, colocou o nome de uma santa milagrosa nela, e, atrás, propositalmente colocou uma falsa oração com erros de português, e logo em cima a foto retocada do falecido dado como cristão, generoso, pai de todos, e o inventor do inexistente faturou alto dando aquele santinho como souvenir para quem fosse desfilar ao lado do caixão ornado de velas enormes, coroas de flores, imagens de todos os anjos possíveis, parecendo mesmo um local de luzes numa santeria em que o diabo era mesmo o morto que, mesmo tão venerado era pior que a besta de algum monstro espacial de Gomorra.

E foi um tal de se ligar para que o representante regional do partido viesse alvissareiro de teco-teco para fazer proseio imagético dos que vissem a agitação: mostrando a importância do de cujus, uma falsa esquadrilha de fumaça várias vezes sobrevoou o município com toneladas de pétalas de flores: seis bandas marciais desfilavam nas ruas principais da cidade com um serviço de altofalante anunciando a morte e o velório (do enterro propriamente dito não tinham data certa nem hora propositalmente marcada para atrair via mídia o maior número possível de gente), rolou muita comida e bebida, acabaram matando alguns bois e dando churrasco com tachos e tachos de arroz e feijão pros convivas, curiosos, visitantes, miseráveis, famintos, aproveitadores, bóias-frias, fugidios da seca no campo, migrantes de regiões pobre do nordeste do Paraná ali pertinho na divisa rente, e quando se viu Itararé virou um circo de falsas carpideiras, como se numa romaria de todos querendo sondar o desboque. Era a via-crucis do seu Lazinho, coitado!

Ligaram pro presidente estadual do Partido, um chamado Rei dos Cheques Sem Fundos, para que acionasse a mídia atrelada na Capital e que esta refletisse bem nas intenções locais da campanha do Belisário a pleno vapor, o Presidente do Partido um inescrepuloso gárgula delegado da policia federal mais sujo do que pau de galinheiro e afeto a máfias e quadrilhas desde os tempos de hediondo ditadura militar incompetente, corrupta, senil e violenta mandou um avião com um sósia seu e vários ratos do partido todos obesos e calvos para somar os interesses escusos do herdeiro pelo menos, quando viram a cidade era palco das atenções totais nesse propósito, orações iam e vinham, todo mundo levava vantagem de alguma maneira, por algum motivo, peleja e coisa de-assim, pensões, pensionatos, bares, bazares, lojas, zonas de meretrício, tunguistas, narcotraficamtes, membros da economia informal e contrabandistas para ali alocados às pressas, e logo, claro, surgiram barraquinhas de camelôs vadios, vendedores de falsas mensagens psicografadas do além ali mesmo, e, finalmente, quase que o Seu Lazinho virou um santo homem, assim de supetão, de uma hora pra outra, sem tirar nem pôr. Quem diria, hein?

Como os membros do clã eram gananciosos ao extremo, sem medir eiras e limites, logo viram que iriam ganhar mesmo com a idéia que tiveram em tempos faustos em que o patriarca era vivo aos tropeções, e resolveram de apostar em marqueteiros de botecos e outras insurgências promocionais, pois, garantiam, nesse arroto todo de importância, Belisário daria a volta por cima em nome da família de corjas, disputaria a eleição pau a pau com o honesto Vergínio Holtz, levaria numa boa dianteira com aquilo tudo de propaganda enganosa no inconsciente coletivo, e então a familia-quadrilha voltaria ao poder para de novo levar vantagem em tudo, certo?

Certo uma ova. Certo uma pinóia. Descobriram que o Presidente Federal do partido só podia vir uns dias depois, pois, quando estava voltando de umas viagens para falcatruas com operações financeiras ilegais e lavagem de dinheiro na França, e lá fora pego pela honesta policia local, e estava se virando em canais diplomáticos da embaixada brasileira com um falso passaporte que lhe dava ares de importância oficial, e estaria presente sim, se fosse regiamente pago e lhe dessem aquele espaço de tempo entre Paris e Itararé, mais uns dias portanto, tentando escapar de fiscos e tramóias.

Foi um tal de lavar o defunto de hora em hora, dar-lhe perfume para beber na marra com funil, ensopar seu corpo de formol misturado com alfazema, e vai por aí o rocambole da história, pois o morto não podia feder, imaginem só, morto rico não fede, arranjaram uma desculpa com prosopopéias - reforçariam sua santidade então aventada - até que todos os que quisessem estar presentes realmente viessem beijar o velho babão, e Itararé com mais gente no enterro do que tinha de população (mais de trinta mil habitantes) na região toda entrasse pra história a morte e o enterro, saltasse aos olhos da oposição incrédula, e, claro, em função disso Belisário fosse finalmente, o ano seguinte, aproveitando o aparato todo, eleito por maioria absoluta de votos o novo prefeito de Itararé, readquirindo o clã novamente a chave da cidade e uma nefasta gangue voltasse a tona como em tempos de grileiros, jagunços e em mortes e desapropriações e peculatos nunca explicadas, por causa também de ótimos desembargadores aposentados sem quarentena ética qualquer, indican-

do as labirínticas cavernas burocráticas da lei arcaica que tarda e falha para os poderosos sem escrúpulos e bons pagantes...

Com desculpas várias, com explicações montadas em palavras bonitas e até tiradas de almanaques tranqueiras de esoterismo tantãs de fien-de-sécle, finalmente o corrupto e ladrão dono do mote rouba mas faz chegou em Itararé com sua comitiva de ministros que apoiavam o governo, de secretários-raposas, de donos de bancos hienas, de chefes de falsas Fundações e Ongs de bandidos, e foi uma carreata do precário Campo de Aviação de terra vermelha até a Rua XV de Novembro aonde ficava o barracão que virara quase que de uma hora pra outra uma Igreja do Santo Lazinho.

Na verdade, correram boatos, pela histeria popular como resultante do forfé todo, que teria havido milagres entre a turba propositalmente convocada e comovida. Um cego voltara a enxergar, uma dona de casa com câncer na mama vomitou um pretume e ganhou cor rósea na pele saradinha, uma cachorra pariu um gato, nasceu um bode de sete chifres, uma gigantesca estrela cadente varreu os altos céus uma madrugada fria, uma beata caduca viu o anjo São Custódio montado num dragão de nuvem quadrada, e, até mesmo alguns fanáticos membros da família acharam que, vai lá saber, o homem era mesmo um santo, não sabiam isso, né, enquanto a cidade em polvorosa e sem infraestrutura faturava alto e bem, todos os aproveitadores da situação, claro, gostando daqueles fregueses curiosos, daqueles consumidores na população flutuante a irem sondar tamanho barulho para a morte de um político antigão da cidade que estava meio por fora das acontecências políticas de praxe - tinha por vária vezes sido refutado nas urnas - e que ali sem motivo e razão para alguns ganhara bisonha notoriedade sazonal além do imaginado. Tudo corria às mil maravilhas no circo bizarro das acontecências com estofo espúrio.

Marcaram o dia do enterro, aleluia!, o ministro corrupto aliado ao presidente do partido corrupto que apoiava o governo federal também corrupto forçou imperiosamente que o vice-presidente da república corrupto viesse regiamente pago e com promessas ao sol, o vice cobrou do presidente do Brasil uma nota nacional a respeito e assim se fez com todo mundo levando a sua vidinha em atropelos de honras e vaidades.

Um ministro que estava a fim de sapecar no guanxumal do sexo uma parente galinha do presidente do partido largou sua agenda lotada de debates com os sem-terra em Brasília e veio também com o arranjo de avião presidencial todo emperiquitado, e até mesmo uma dúzia dos famosos dragões da independência que iria circundar o importante cortejo na hora da despedida oficial quando, certamente, toda a rua São Pedro com destino ao cemitério da Saudade de Itararé iria lotar de gente entre corais, bandas, incautos, curiosos e membros da familia-máfia, do Bar do Tunico Bitencourt até as altura das Lojas Riachuelo, e tudo foi preparado com a maior pompa, sendo já certo de que o representante oficial do clã à frente de tudo, dr. Belisário estava com a corda toda, dando uns pegas nums baseados quando via que ia esturricar de tantos entojos, prosopopéias, abraços, ranhos, peidos e outras resultantes do ágape que ia longe e, certamente o levaria, quem sabe até, talvez, à Assembléia Legislativa cheia de porcos de extrema-direita burra e sacos de merda de seu partido neoliberal, gatunos da pior espécie.

Mas foi aí que aconteceu o inusitado. Acredite se quiser. O céu por testemunha. Só vendo pra crer. Será o impossível? Gastei todas essas expressões popularescas aqui não apenas para sapecar curiosidade no distinto ouvinte, nem para fazer vareio de empacamento. É mesmo só para sondar a freguesia e soltar a bomba, pois, afinal, como dizia o Bastião Querosene pro seu amigo Tilico Boaventura obrando por tempo demais atrás de uma quaresmeira, "ou caga ou desocupa a moita". E foi assim que se deu o havido, como tintim por tintim vou prosear o causo arreganhado para você.

Estavam lá as garbosas altas patentes do exército, emplumadas autoridades civis, eclesiásticas feições de pelancas com godês, corruptos de colarinho branco, paisanos larápios ou não, de terno, gravata, farda e túnica de todo o Brasil S/A, como se um inusitado arranjo de antro de escorpiões aparamentado para dar um novo golpe como o da incompetente Canalha de Primeiro de Abril de 1964, com uma comitiva protocolar do evento recebendo telegrama falso até do papa, coitado - vejam até onde vai a imaginação dos podres poderes mancomunados com a fétida pequeno-burguesia que fede com seus escrotos de meio - quando chegou até mensagem de uma condolência de verdade de um Bispo reacionário da Nicarágua em guerra civil, nunca se vendeu tanto amendoim, cocaína e camisa de vênus na região, todos os estoques de anos a preços caros em dias esgotados, nunca o tradicional Siriri das Putas da Vilosório teve tanta freguesia forrada em grana e patentes, e a tropa da mais antiga profissão do mundo nunca passou tanta gonorréia, sífilis e até talvez um porta-Aids levasse de bubuia um monte de neoliberais, parentes, amigos, aspones, familiares e filiados de ocasião, e aconteceu o que agora, acabando a narrativa trancham, vou ter que dar com a língua nos dentes e enveredar pra conclusão pretendia. Fie só. Acredite se quiser.

Tava lá o carro vermelho do Corpo de Bombeiros de Itapeva lotado de canalhas, corruptos, caiporas, ladrões e autoridades oficiais de todos os gêneros e provavelmente até os inexistentes, aquela pompa toda de flores, fogos, carpideiras regiamente pagas formando um coral de lágrimas em discreta sonoridade afinada e, no silêncio final antes do padre Ruiz Calvani vindo de Aparecida especialmente para aquilo de encomenda, socar seu instrumento para benzer o maldito do falecido e encomendar sua alma de lazarento à morada celeste - é ruim, hein? - e ouviu-se um sonoro barulho rouco (meio feito um vazado e frouxo trombone-contrabaixo) numa espetacular - e bem guardada sabe-se lá se por dias - de uma flatulência sonora espetacular! Foi a conta. Os microfones e serviços de sons captaram direitinho. Tá na fita. A Rádio Clube de Itararé ao vivo registrou a impropriedade.

Aí sim foi um pandareco, meu cumpadre.

O padre refugou de presto, sem ar e roxo de trêmulo pois que o cheiro era de merda que, certamente viera de geração a geração de lá de trás dos montes de fezes radioativas de Gomorra. Quase que o céu caiu. Foi por pouco. Só por Deus!

Dizem que o membro honorário do partido, um gay que não tirara o esqueleto do armário nunca mais buliu com nada daquilo que apreciava por prevaricação e por ser pervertido, e prometeu mesmo até virar comunista de carteirinha com tal fedor que a de carniça de dinossauro podre por milênios empesteou o ar madorrento de Itararé. Mas isso não é nada. Vá ouvindo. Vá ouvindo.

Enquanto a sirene era ligada pra disfarçar as aparências enganadas da ocasião, milhares de pombos rapidamente soltos entravam em improvisada revoada ou mesmo bosteavam alhures a platéia abaixo, e inusitadamente o lazarento do velho morto tirou a direita mão murcha e peluda de sobre a outra esquerda que contristada segurava o crucifixo e uma imitação barata de vela paraguaia de plástico com luzinha-neon com assinatura ilegal do papa Carol, e, sem mais nem menos, sem dar importância ao seu estar ali ou estar em si, para espanto geral dos condoídos contristados se levantou com um espirro catarrado com um torresmo de ranho nodoso que pregou num laranja do partido, logo o velho redivivo se assomou para fora do caixão caro de veludo lilás escuro, claudicando pelos dias que estava sem comer e já bem refeito da demorada e inédita catalepsia, mal estranhou aquela gentarada toda (muitos desmaiaram, alguns morreram de verdade), perguntou dos óculos para o neto filho-da-puta do Dr. Belisário - que quase implorava pro seu velho ficar mortinho da silva ali e garantir sua eleição futura já no papo - e, ao seu jeito porqueira, sem seca, casca grossa e entojado, assomou-se pela improvisada escadinha pela qual subiram todas as autoridades ali reunidas como se num antro dos infernos, e, tomando de um chapéu de um parente que era igualzinho ao seu e do qual mais gostava, saiu depressinha dali entre a gentarada que se abriu como um leque, espaçando caminho com medo e susto, boquiabertos, uns achando-o um santo mesmo; um montão cismando que tudo aquilo não passara de um milagre, quando ele, montando num cavalo perdido de um soldado do pelotão da independência que desmaiara pela soma do susto com o calor, e, sem dar tiau, satisfação ou mesmo acenos de retorno a alguns vivas de quem o acharam ressuscitado por honra e glória de Nossa Senhora do Desterro (enquanto a maioria, claro. achou que ali tinha dente de coelho, fumaça e fogo, que era só mesmo uma arapuca de intenções eleitoreiras), mas assim mesmo, lá se foi, garrando a sua casa pretendida, o Seu Lazinho, ou Capitão Lázaro, cheirando azedo atrás de dar uma bronca na pobre patroa pois estava com a barriga roncando e ela não o tinha acordado na hora de dar uma escapada pruma espécie de pescaria combinada sabe-se lá com quem, talvez, vá lá saber, com o próprio dianho nos quintos dos infernos à quem um dia faria companhia e faria parecença.

Nem vou contar o desmanche, o desboque, a cisma do aparato todo. A família quebrada de tudo foi-se embora da cidade para nunca mais voltar.

O velho sofreu um infarto numas barrancas do Paraná e o corpo de oitentão ali ficou até vir uma enxurrada que o levou quase podre para compor a química da terra, porque, talvez, para isso prestasse.

"Luiz Inácio (300 Picaretas)"

Canção composta por Herbert Vianna e interpretada pelos Paralamas do Sucesso no LP Vamo Batê Lata, lançado originalmente em 1995.

Luiz Inácio falou, Luiz Inácio avisou
São trezentos picaretas com anel de doutor
Luiz Inácio falou, Luiz Inácio avisou

Eles ficaram ofendidos com a afirmação
Que reflete na verdade o sentimento da nação
É lobby, é conchavo, é propina e jeton
Variações do mesmo tema sem sair do tom
Brasília é uma ilha, eu falo porque eu sei
Uma cidade que fabrica sua própria lei
Aonde se vive mais ou menos como na Disneylândia
Se essa palhaçada fosse na Cinelândia
Ia juntar muita gente pra pegar na saída

Pra fazer justiça uma vez na vida
Eu me vali deste discurso panfletário
Mas a minha burrice faz aniversário

Ao permitir que num país como o Brasil
Ainda se obrigue a votar por qualquer trocado
Por um par se sapatos, um saco de farinha
A nossa imensa massa de iletrados
Parabéns, coronéis, vocês venceram outra vez
O congresso continua a serviço de vocês
Papai, quando eu crescer, eu quero ser anão
Pra roubar, renunciar, voltar na próxima eleição
Se eu fosse dizer nomes, a canção era pequena
João Alves, Genebaldo, Humberto Lucena
De exemplo em exemplo aprendemos a lição
Ladrão que ajuda ladrão ainda recebe concessão
De rádio FM e de televisão
Rádio FM e televisão

Luiz Inácio falou, Luiz Inácio avisou
São trezentos picaretas com anel de doutor
Luiz Inácio falou, Luiz Inácio avisou

PARTE QUARENTA E SEIS

-Severino, como é a sua ruivinha de cama? Tenho curiosidade de saber.

-Presidente, olha a compostura! O sr. além de querer ser direito, precisa parecer direito também, até aqui dentro, comigo, eu não sou o seu ID, o outro lado do seu maldito Ego? Pois o sr. sabe que eu conheço o meu lugar, mas não vou prevaricar, nem passar dos limites, onde já se viu?

-Você está ficando raivoso, Severino. Isso é coisa de esquerda atrasada... Revanchista.

-E o sr. é da esquerda moderna, hein?

-Sou um liberal, Severino.

-Um liberal que nem o Collor, o Sarney, o Itamar, o ACM, o Jáder Barbalho, o Maluf, o Sergio Naya, o Hildebrando Paschoal... o Juiz Lalau...

-O que você quer dizer com isso, Poeta Severino?

-Que Poeta que nada! Poeta a puta que o pariu!

PARTE QUARENTA E SETE

-Severino, qual a piada sobre a minha pessoa hoje, que você leu de algum pasquim comunista aí, ou leu nalgum site, recebeu nalgum e-mail?

-Nem lhe conto.

-Não faça tipo, meu rapaz. Conte, conte. É uma ordem. Estou fulo hoje.

PARTE QUARENTA E OITO

-Sua mãe melhorou, Severino. Pra que essa vassoura e pá agora?

-Já que não posso aguentar certas coisas, pelo menos vou fazer a minha obrigação de papel passado, mesmo que haja muito lixo escondido sob o tapete das etiquetas...

-Nossa, Severino, você tá afiado, com um linguajar e tanto. Viu passarinho verde hoje, hein? Posso considerar essa sua evolução nos estudos uma ameaça?

-Por isso que a tal reforma de ensino foi uma empulhação, Senhor Presidente? Por isso que a tal reforma agrária foi só pra sair no New York Time? Por isso que o que vale mesmo é o jogo de poderes, a sua reeleição, o seu ego, o seu status histórico de presidente, com o sr. pouco se lixando pra sua sociologia, pro marxismo, pras idéias pelo povo, para o povo e com o povo?

-Severino, não me faça pensar coisas de você, meu bom rapaz?

-O sr. ainda pensa que pensa, Senhor Presidente?

-Você tá ficando uma casca de ferida, meu menino... Ai meus sais!

-Dizem que o sr. tem alguns filhos fora do casamento, mas que até são poucos, já que o sr. fudeu o país inteirinho...

-Já vi que hoje você acordou meio petralha...

....

Para tocar num assunto importante, se me permite o acinte, Sr Presidente, e o rombo na Petrobrás... o sr sabe de cabo a rabo, e se cala... e as delações com felações e tudo chegando, e eu de bubuia desviando as pastas, os processos, os inquéritos... a merda toda... e a Polícia Federal a seu mando com rédeas curtas, carimbando passaportes, para os coxinhas irem na Disneylandia comprar fantasias de Patetas... a corja de seus aliados amigos do alheio e indicados de máfias e quadrilhas roubam no superfaturamento, no subfaturamento, depois depositam na Suíça, e o sr no bem-bom, quieto como um bocó de mola com o cu pra lua no Guarujá, litoral de chiqueza para onde vão passar o fim de semana todas as autoridades corruptas de São Paulo, tachado por meu amigo de estado-máfia...... mas fique ligado, que o Paulo Francis desceu o sarrafo no sr e nos seus protegidos... Pior, pra falar a verdade, os corruptos de seu estado de SP, são investigados a pleno vapor na França, na Suíça, na Inglaterra, logo serão pegos, registrados na Interpol, e no seu estado de SP o estado mais corrupto do Brasil nadica de nada, eita vitão a desses corruptos paulistas, hein? Que corja... Paulistas da gema adoram corruptos paulistas da gema, sem algemas. Almas gêmeas?

-Ei, onde já se viu isso, tem cabimento? O tranqueira com "cheiro de fedô francês" saiu de fininho. Deu no pira. Quando o caldo engrossa o Bananão vai mamar na teta de uma garrafa de uisque importado, presente em caixas e caixas, da turma da pesada da Odebrecht... Ou foge pro restaurante Piantella, se encharcar de "poire willians", um licor de pera, bebida de rico, que o Ulisses Guimaraes também devorava. Devem ter matado esse também... tinha dossiês de toda a turma do primeiro escalão...

Aliás, a bem dizer, falando sério, se esse tal de Paulo Francis que baba merda, toma porres homéricos e destila venenos na América Cloaca, não se tocar, capaz de botarem algum veneno no uísque dele, derrubarem o avião, parecer suicidado no exterior, ter um enfarte fatal... nunca se sabe... Aqui o sistema é bruto.

PARTE QUARENTA E NOVE

-Faça o que tem que ser feito, Galhardo. E me mantenha a par de tudo até acabar a tramoia. Sim, isso mesmo. E, olha: nós nunca tivemos essa conversa, hein? Você tá ligando do aparelho cabritado número dois? Bom, muito bom. Faça a coisa certa. Até. Vou te dar aquele trampo na embaixada.

PARTE CINQUENTA

-Severino tenho uma coisa muito triste pra lhe contar. Sente-se aí, se abanque, deixe essas pastas de merdas, esses relatórios de contra-espionagem, essa podridão de meus partidários e apoiadores... os mesmos lacaios de aluguel de sempre. Largue, largue. Sente-se.

-Tenho que queimar isso tudo, antes que saia uma nova previsão sobre a eleição, o sr. sabe, o muquirana do Serra não vai levar, o Garotinho tá subindo, o Lula arrisca dessa vez dar um couro no sr. e seus aliados do caralho.

-Sente aí Severino, já disse. Que cara difícil de lidar você tá ficando, hein? Mãe de Deus!

-Tenho uma confissão pra fazer, e um pedido de perdão pra pedir.

-Não sei o que o Galhardo tá fazendo aqui no Gabinete, conversando com a Candinha...

-Precaução, meu filho, só isso. Ando meio cismado.

-Precaução como, por quê?

-Sente-se aí, já disse! Aguarde a sua vez.

-O sr. está gritando comigo. O sr. está com algum problema? O que tá pegando?

-Um pai tem o direito... Gostou dessa? Mandei bem.

-Então o sr. investigou tudo direitinho e já sabe?

-E você já sabe que eu sei, hein Severino? Que papo aranha, ché!

-Minha mãe antes de finar deixou uma carta, conta que foi ela na verdade que, viúva do primeiro marido, carente, assediou o sr. lá na faculdade. Não quis me contar detalhes. Depois casou de novo, teve outros filhos e ficou por isso mesmo...

-Então você já me perdoou, não é filho? Ah, você não é que nem aquele bastardo negrinho Leonardo... daquela empregada doméstica... Quase que minha esposa me fuzilou...

-Então o emprego por sorte, a minha viagem de fuga, o padre mentiroso, o ACM e outros que, por mentira o sr. alegou que me referendaram ao cargo, foi tudo um truque, uma enganação espúria, o sr. não teve coragem de me assumir de papel passado, mas me quis por perto, por controle, talvez uma terceira reeleição... algum risco... vai que alguém descobre... vaza no Jornal Nacional...

-Não faça ilações, Severino. Não gosto de seu nome. Não faça alusões. Não se precipite. Não me julgue ruim. Coloque-se no seu lugar, depois coloque-se no meu lugar. Sou o melhor Presidente da história do Brasil desde a primeira República!

-Não era o Vargas como o sr. me disse uma vez, ou o Juscelino, ou o que o Jango poderia ter feito para o povão, não fosse a cupinchada da canalha de 64, todos amigos velhacos, fascistas e senis de seus pais?

-Não seja injusto, Severino. Queria que você se chamasse como eu, Fernando Júnior, ou outro nome...

-Estou bem sendo Severino Silva...

-Você tem que ter um sobrenome pomposo... Você tem estilo, é gabaritado. A primeira-dama diz que acha que você um dia...

-Como Collor, como Malan, como Delfim, como o sr? Esse é um país dos Silvas...

-Venha me dar um abraço, Poeta Severino meu filho, diga que me perdoa... vamos lá... não seja injusto... Acordei carente; deve ser efeito retardado do Rivotril ou do Viagra... ou da Cocaína holandesa...

-Eu não perdôo o lado avesso do sr, o lado podre do sr. E não posso matar o que está morto.

-Severino? Você afinal não ia me matar realmente, de fato? Talvez eu deva morrer. Pode me matar, morro como um herói... Entro pra história, a história me fará justiça, me julgará melhor... Morro nos braços do filho que tentei reconquistar... assumir, compensar... recompensar...

-Herói de merda. Doutor de merda. Sociólogo de merda. Uspiano de merda. Pelo jeito sob as árcades também cresce musgo... Eu já o matei lá dentro de mim, como falsa autoridade, como um maldito pai. Não posso matar duas vezes o que já está morto. O sr. perdeu a sensibilidade, estudou pra nada, viajou para nada, foi exilado pra nada, foi aposentado cedo para nada, o sr. é um nada, Presidente de Nadas...

-Volte aqui, Severino, eu ainda não terminei a conversa que eu tanto pensei ter um dia com você... e para tanto ensaiei, que "merd"

-Dona Carmem, chame o segurança Orlando. Avise que é situação 18-Br do Manual Tucanus 99.

PARTE CINQUENTA E UM

-Severino, cante uma cantiga popular pra mim, ando tão tristinho. Aquela buchada de bode me fez um mal danado. Não devia também ter ido naquele terreiro de macumba com o Serra e o Alckmim, parece encosto, credo. Cante alguma coisa enquanto tomo esse quentinho chã de hortelã sem açúcar...

-Não sei cirandas, Doutor Presidente.

-Doutor? Tá me estranhando, Severino?

-Desculpe, Senhor. Foi sem querer, saiu por sair.

-Não gosto de mesuras... Não com você, não nas intimidades... Que beiços moles que dão um quilo de toucinho são esses, menino?

-Nada não, Senhor.

-Faz tempo que sr não me chama de Pai Patrão.

-O Senhor Presidente me chamando de sr?

-Gosto do cheiro do povo.

-O sr. é igualzinho aos outros, só muda o discurso, a fachada, mas do mesmo balaio...

-Ora, Severino. Não seja maldoso. Não acredite em tudo o que falam... a oposição está fadada ao fracasso. Não dê corda pros inimigos. Somos do mesmo sangue.

-Mas eu vejo muita coisa, sr.

-Pode me chamar de Pai Patrão?

-O sr. não é pai e nem patrão... Pai nem morto, patrão de quem?

-Ora essa, o que você vê, Severino?

-O que eu vejo, sinto, e penso do que vejo e sinto, não posso dizer não senhor. Estou impedido por força maior.

-Você quando fica nervoso, às vezes volta o sotaque, né Severino?

-O sr. deve saber. Na França fala francês sem sotaque, na Inglaterra fala inglês sem sotaque, na Espanha fala espanhol sem sotaque... No Brasil, é outro, parece outro, um alumbrado, um alienado, um porco picareta enchendo o cu de toicinho, , um janota e boçal, um babaquara como se diz lá em Crato.

-Não é bom isso, meu menino, meu Poeta Severino, falar suave e solto, vários idiomas?

-Não me chame de Poeta nunca mais.

-Ora, você não queria ser? Sei que andou fazendo uns poeminhas sociais pelaí... Dizem que escreve bem como eu... vai ser um pensador, um sociólogo, um livre pensador humanista, um filósofo... tem a quem puxar.

-O sr. pensa que sabe tudo, feito um pavão, acha que é o bam-bam-bam, mas não sabe nada... é uma ilha cercado de estatísticas furadas por todos os lados... um peão no ignóbil jogo do poder... de cartas marcadas...

-Que modos são esse, Severino? Fumou maconha, é? Andou cheirando merda?

-Eu falo a voz do povo, a voz simples do povo, a voz verdadeira e rude do povo...

-Só falta agora, depois de tudo o que eu fiz por você, você ainda votar no tongo e saranga do Lula Metalúrgico, hein? Só me faltava essa!

-O sr. fez por mim? O sr. fez pelo sr. mesmo. O medo do medo. O sr. fez preocupado com a consciência, com a repercussão na mídia, culpa no cartório, vaidoso, pelo poder sem limites, pela ditadura das Medidas Provisórias, pelas regras diplomáticas, pelas etiquetas.

-Não mude de assunto, ara. Você andou lendo a coluna do Jânio de Freitas de novo, hein?

-O sr. pode pensar de mim o que quiser. Mas milhões pensam do sr. exatamente como eu. E o Lula Light deve ganhar como protesto até. De tantos doutores, bacharéis, tecnocratas, e tudo um bando de hienas e chacais, ratos, estamos cheios, estamos até aqui, estamos nesse mar de lama. Isso se não montarem uma armadilha pra ele, o Lula, na campanha, tipo que é viado, maconheiro, um apartamento, como fizeram, com JK. Ou

provocarem um bem disfarçado acidente com o avião dele, depois de eleito e tentar reformas sociais, como os filhos-da-puta da CIA e o FBI já fizeram por esse mundão a fora, já que estamos nas mãos dos Estados Unidos, a América Cloaca, via aquela caterva do FMI... com seu aval de interesseiro, submisso... Ou, pior, se montarem um processo fake contra ele e um STF corrupto e leniente bancar e ele ir preso, inocentente, como o foram Mandela, Gandhi, Luther King... Tiradentes, Jesus...

-Que mal humor, meu filho. Aliás, você faltou quase quinze dias, e me vem com um humor desses? O quê foi? Deu com a língua nos dentes pelaí?

-Não me chame de meu filho nunca mais, ou eu mato o sr. aqui mesmo.

-...

-"... caminhando e cantando/E seguindo a canção/Somos todos iguais/ Braços dados ou não(...)/Nos quartéis nos ensinam antigas lições/De viver pela pátria e morrer sem razão!"

-Ei, Severino, venha aqui já. Essa música está fora de moda, você tá aprendendo coisa demodê, onde já se viu isso, meu faxineiro preferido.

-...

-Severino, volte já, largue essa vassoura, você não é bruxo, não pode voar!

PARTE CINQUENTA E DOIS

-Sinto muito, Seu Severino. Foi o que disseram. Anotei direitinho a informação. Não, não tem engano. Desculpe, sinto muito.

-Desculpe, Dona Candinha. Perdoe se eu estou chorando. Eu adorava muito essa minha professorinha. Ela era minha cara metade, a paixão da minha vida... Nunca mais haverá uma mulher como a Hilda.

-E o cara que estava com ela, quando o carro sem freios tombou e pegou fogo, não era o Galhardo aqui do subsolo? Seu Severino? O sr ainda está aí? Meu Deus, o que deu nessa gentalha toda. Que raio de gentinha de pavio curto. Parece que os vermes estão se comendo entre si, e a CPI parece que vai incendiar o país. Esse tal Risco do Lula-lá é poderoso. Quanta podridão no Reino desse Pindorama chinfrim...

CAUSO

FHC, um presidentezinho de merda do Brasil, vai a uma igreja ecumênica, se ajoelha todo posudo e cara de tacho, na frente de Jesus, rezando. Diz FHC, o Pai da Fome:

-Jesus, estou totalmente arrependido e gostaria de redimir meus pecados.

Jesus: - Está bem. Que tens feito, qual o problema de consciência?

FHC, o corrupto:

-Depois de tantos anos no governo, deixei meu povo arruinado e na miséria, com o golpe do Plano Real do FMI, fali a classe média, mas engordei banqueiros e agiotas internacionais.... a inflação era alto, o risco Brasil idem, o dólar nas nuvens...

Jesus: - Dê graças ao Pai!

FHC, o janota: - Também traí o povo e meu partidinho de neoliberais enrustidos, Pinóquios de Chuchu e amebas, que me deram apoio e, quando precisaram de mim, dei-lhe cargos, arranjos, pedágios de roldão, contratos pomposos, até o Zé Serra rastaquara eu inventei de Vampiro da Saúde, além de manter a mídia nas mãos para não divulgar os meus podres todos.

Jesus: - Dê graças ao Pai! FHC, o boçal:

- Enquanto o povo sofria e ficava na miséria, meu genro recebeu alta grana pro seu banco que depois faliu e alguns poucos amigos enriqueciam descaradamente com a corrupção e com a impunidade, do Rodo-Anel às privatizações-roubos, para não dizer dos podres do Alckmin....

Jesus: - Dê graças ao Pai! FHC, o pervertido:

- E, por último e pior, pela minha vaidade descontrolada e desmedida, como ególatra coloquei meu país rico e maravilhoso no fundo do poço, na mais completa indigência, passando ao abacaxi pro coitado do Lula Light e torcendo contra, na oposição de neoliberais corruptos e ladrões de antros e máfias.

Jesus: - Dê graças ao Pai! FHC, a besta que fala línguas estrangeiras e não fala a do povo:

- Mas, Jesus, estou realmente arrependido e a única coisa que o Senhor tem para me dizer simplesmente é : "Dê graças ao Pai"? Só isso? Só isso?

Jesus: - Sim, agradeça ao Pai que estou aqui pregado na cruz, porque senão desceria para te encher de porrada seu ex-sociólogo, ex-ateu, ex-comunista, eu preferia você quando você era ateu e tinha amigos melhores... do que a corja da oposição derrotada nas urnas...

MORAL:

"Nunca segure seus peidos. Eles sobem pela sua espinha, entram no seu cérebro e aí surgem as ideias de merda". (Paulo Maluf, aconselhando o Presidente a quem apoiava de olhos fechados e mãos bobas)

A SECRETÁRIA ELETRÔNICA DO HOSPÍCIO BANDEIRANTES

TRIIIMM.......... TRIIIMM......... TRIIIMM.........

RESPONDE O GRAVADOR DO HOSPÍCIO:

"Obrigado por ter ligado para o Instituto de Saúde Mental Bandeirante, Ala Brasileirinho, a companhia mais certa para seus momentos de maior loucura."

-Se você é obsessivo-compulsivo, aperte repetidamente o número 1;

-Se você é codependente, peça a alguém que aperte o número 2 por você;

-Se você tem múltipla personalidade, aperte 3,4,5 e 6;

-Se você é paranóico, nós sabemos quem é você, o que você faz e o que quer.

-Espere na linha enquanto rastreamos sua chamada;

-Se você sofre de alucinações, aperte o 7 nesse telefone colorido gigante que só você vê à sua direita;

-Se você é esquizofrênico, escute cuidadosamente, e uma voz interior lhe indicará o número a pressionar;

-Se você é depressivo, não importa que número aperte. Nada vai lhe tirar de sua lamentável situação;

-Porém...se você votou no sem-vergonha do FHC.... desligue e fique aí ferrado, pois aqui lamentavelmente só atendemos loucos pirados, não atendemos amebas e ignorantes políticos, que é o pior ignorante que tem, e que votaram no mais incompetente e corrupto ex-sociólogo do país.

Vá estudar história, Vá trabalhar vagabundo!

NO TEMPO DOS PARDAIS

No Tempo dos Pardais - Sivuca e Paulinho Tapajós

Era uma vez um tempo de pardais, de verde nos quintais

Faz muito tempo atrás, quando ainda havia fadas

No bonde havia um anjo pra guiar, outro pra dar lugar

Pra quem chegar sentar, de duvidar, de admirar.

Havia frutos num pomar qualquer, de se tirar do pé

No tempo em que os casais, podiam mais se namorar

Nos lampiões de gás, sem os ladrões atrás

Tempo em que o medo se chamou jamais.

Veio um marquês de uma terra já perdida

E era uma vez se fez dono da vida

Mandou buscar cem dúzias de avenidas

Pra expulsar de vez as margaridas

Por não ter filhos, talvez por nem gostar

Ou talvez por mania de mandar.

Só sei que enquanto houver os corações

Nem mesmo mil ladrões podem roubar canções

E deixa estar que há de voltar

O tempo dos pardais, do verde nos quintais

Tempo em que o medo se chamou jamais.

ANOTANDO PARA REGISTRO

-Severino, que tanto rabisca, anota, tira cópia, corre pra lá e pra cá, do arquivo, pro almoxarifado, parece que vai tirar a mãe da forca?. Para que isso?

-Rabisco, Miss Garagem, rabisco para salvar a minha vida, que a minha consciência pesada exige registrar, e, como disse meu poeta predileto, Drummond, toda história é remorso.

-Desculpe, só estou finalmente e de fato e de direito fazendo meu trabalho, anotando lixos, catando lixos, registrando lixos, eu, o lixeiro de um Presidente, já pensou, que país é esse, que país é isso, ah, querida, não verás um país como esse... Ah meu Brasil inzoneiro... Mas verás que um filho teu não foge a luta... Feridos venceremos?

-0-

Crimes do FHC, que a justiça corrupta, como foi em outras épocas, mesmo na época da Ditadura, não apurou, conivente, leniente, pior, assim demontrando ser incompetente, corrupta e vergonhosamente amoral:

A lista dos crimes da Era FHC et caterva:

1) Denúncias abafadas: no primeiro mandato, em 19 de janeiro de 1995, FHC denotou conivência com a corrupção. Extinguiu, por decreto, a Comissão Especial de Investigação, criada por Itamar Franco e formada por representantes da sociedade civil, que visava combater o desvio de recursos públicos. Depois, fustigado pela ameaça de uma CPI da Corrupção, ele criou a Controladoria-Geral da União, mas este órgão se notabilizou exatamente por abafar denúncias.

2) Caso Sivam: Também no início do primeiro mandato, surgiram denúncias de tráfico de influência e corrupção no contrato de execução do Sistema de Vigilância e Proteção da Amazônia (Sivam/Sipam). O escândalo derrubou o brigadeiro Mauro Gandra e serviu para FHC "punir" o embaixador Júlio César dos Santos com uma promoção, pois foi nomeado embaixador junto à FAO, em Roma, "um exílio dourado". A empresa ESCA, encarregada de incorporar a tecnologia da estadunidense Raytheon, foi extinta por fraude comprovada contra a Previdência. Não houve CPI sobre o assunto. FHC bloqueou.

3) Pasta Rosa: Em fevereiro de 1996, a Procuradoria-Geral da República resolveu arquivar definitivamente os processos da pasta rosa. Era uma alusão à pasta com documentos citando doações ilegais de banqueiros para campanhas eleitorais de políticos da base de sustentação do governo. Naquele tempo, o procurador-geral, Geraldo Brindeiro, ficou conhecido pela alcunha de "engavetador-geral da República".

4) Compra de votos: A reeleição de FHC custou caro ao país. Para mudar a Constituição, houve um pesado esquema para a compra de voto, conforme inúmeras denúncias feitas à época. Gravações revelaram que os deputados Ronivon Santiago e João Maia, do PFL do Acre, ganharam R$ 200 mil para votar a favor do projeto. Eles foram expulsos do partido e renunciaram aos mandatos. Outros três deputados acusados de vender o voto, Chicão Brígido, Osmir Lima e Zila Bezerra, foram absolvidos pelo plenário da Câmara.

Como sempre, FHC resolveu o problema abafando-o e impedido a constituição de uma CPI.

5) Vale do Rio Doce: Apesar da mobilização da sociedade em defesa da CVRD, a empresa foi vendida num leilão por apenas R$ 3,3 bilhões, enquanto especialistas estimavam seu preço em ao menos R$ 30 bilhões. Foi um crime de lesa-pátria; a empresa era lucrativa e estratégica para os interesses nacionais, pois detinha, além de enormes jazidas, uma gigantesca infraestrutura acumulada ao longo de mais de 50 anos, com navios, portos e ferrovias. Um ano depois da privatização, seus novos donos anunciaram um lucro de R$ 1 bilhão.

6) Privatização da Telebrás: O jogo de cartas marcadas da privatização do sistema de telecomunicações envolveu diretamente o nome de FHC, citado em inúmeras gravações divulgadas pela imprensa. Vários "grampos" comprovaram o envolvimento de lobistas com autoridades tucanas. As fitas mostraram que informações privilegiadas foram repassadas aos "queridinhos" de FHC. O mais grave foi o preço que as empresas privadas pagaram pelo sistema Telebrás, cerca de R$ 22 bilhões. O detalhe é que nos dois anos e meio anteriores à "venda", o governo investiu na infra-estrutura do setor mais de R$ 21 bilhões. Pior ainda, o BNDES com dinheiro público a preço de banana financiou metade dos R$ 8 bilhões dados como entrada neste meganegócio. Uma verdadeira rapinagem contra o Brasil e que o governo FHC impediu que fosse investigada.

7) Ex-caixa de FHC: A privatização do sistema Telebrás foi marcada pela suspeição. Ricardo Sérgio de Oliveira, ex-caixa das campanhas de FHC e do senador José Serra e ex-diretor do Banco do Brasil, foi acusado de cobrar R$ 90 milhões para ajudar na montagem do consórcio Telemar. Grampos do BNDES também flagraram conversas de Luiz Carlos Mendonça de Barros, então ministro das Comunicações, e André Lara Resende, então presidente do banco, articulando o apoio da Previ para beneficiar o consórcio do Opportunity, que tinha como um dos donos o economista Pérsio Arida, amigo de Mendonça de Barros e de Lara Resende. FHC entrou na história, autorizando o uso de seu nome para pressionar o fundo de pensão. Além de "vender" o patrimônio público, o BNDES destinou cerca de 10 bilhões de reais para socorrer empresas que assumiram o controle das estatais privatizadas. Em uma das diversas operações, ele injetou 686,8 milhões de reais na Telemar, assumindo 25% do controle acionário da empresa.

8) Juiz Lalau: A escandalosa construção do Tribunal Regional do Trabalho de São Paulo levou para o ralo R$ 169 milhões. O caso surgiu em 1998, mas os nomes dos envolvidos só apareceram em 2000. A CPI do Judiciário contribuiu para levar à cadeia o juiz Nicolau dos Santos Neto, ex-presidente do TRT, e para cassar o mandato do senador Luiz Estevão, dois dos principais envolvidos no caso. Num dos maiores escândalos da era FHC, vários nomes ligados ao governo surgiram no emaranhado das denúncias. O pior é que FHC, ao ser questionado por que liberara as verbas para uma obra que o Tribunal de Contas já alertara que tinha irregularidades, respondeu de forma irresponsável: "assinei sem ver".

9) Farra do Proer: O Programa de Estímulo à Reestruturação e ao Sistema Financeiro Nacional (Proer) demonstrou, já em sua gênese, no final de 1995, como seriam as relações do governo FHC com o sistema financeiro. Para ele, o custo do programa ao Tesouro Nacional foi de 1% do PIB. Para os ex-presidentes do BC, Gustavo Loyola e Gustavo Franco, atingiu 3% do PIB. Mas para economistas da Cepal, os gastos chegaram a 12,3% do PIB, ou R$ 111,3 bilhões, incluindo a recapitalização do Banco do Brasil, da CEF e o socorro aos bancos estaduais. Um dos socorridos foi o Banco Nacional, da família Magalhães Pinto, a qual tinha como agregado um dos filhos de FHC.

10) Desvalorização do real: De forma eleitoreira, FHC segurou a paridade entre o real e o dólar apenas para assegurar a sua reeleição em 1998, mesmo às custas da queima de bilhões de dólares das reservas do país. Comprovou-se o vazamento de informações do Banco Central. O PT divulgou uma lista com o nome de 24 bancos que lucraram com a mudança e de outros quatro que registraram movimentação especulativa suspeita às vésperas do anúncio das medidas. Houve claros indícios da existência de um esquema dentro do BC para a venda de informações privilegiadas sobre câmbio e juros a determinados bancos ligados à turma de FHC. No fulcro da desvalorização cambial, surgiu o escandaloso caso dos bancos Marka e FonteCindam, "graciosamente" socorridos pelo Banco Central com 1,6 bilhão de reais.

11) Sudam e Sudene: De 1994 a 1999, houve uma orgia de fraudes na Superintendência de Desenvolvimento da Amazônia (Sudam), ultrapassando R$ 2 bilhões. Ao invés de desbaratar a corrupção e pôr os culpados na cadeia, FHC extinguiu o órgão. Já

na Superintendência de Desenvolvimento do Nordeste (Sudene), a farra também foi grande, com a apuração de desvios de R$ 1,4 bilhão. A prática consistia na emissão de notas fiscais frias para a comprovação de que os recursos do Fundo de Investimentos do Nordeste foram aplicados. Como fez com a Sudam, FHC extinguiu a Sudene, em vez de colocar os culpados na cadeia.

"Um país se faz com fome e gringos

(Pensamento neoliberal de FHC, o "Pai da Fome")

-Quem é esse novo paroara aqui, com cara de ruim do juízo, vassoura torta na mão, Senhor Presidente? Posso saber? O senjeito é bem esquisitão, hein?

-Ora, não seja tendenciosa e fofoqueira, Dona Candinha, ele é só mais um filho da pátria. A curiosidade mata, sabia? Fique na sua. Bico calado. Em olho fechado não entra mosquito.

-E o Seu Severino?

-Um vagabundo, não gosta de trabalhar, não aceita mudanças. Estudou e agora acha que é o Vicentinho da CUT. Ligaram do Congresso? A CPI passou ou as altas verbas públicas que liberei ainda assim não desarmaram os ânimos açodados? Ser presidente nesse país é andar no fio da navalha. Veja só em que buraco de ratos fui me meter... Ah se eu pudesse ter opinião própria, ter saído depois do primeiro governo... que preço alto é uma reeleição comprometida até as vísceras...como é ruim ter que engolir serviço sujo inevitável... engolir sapos e tucanos que não cantam, não nadam, não voam. Só fazem merda. Ô raça! O show tem que continuar. Preciso limpar as gavetas...

-Sei.

-Quem tá cantando essa música no hall? Eu conheço esse assovio.

-Que música, o sr. tá surtando, é? Era o que me faltava.

-Alô General? Sim, tudo sob controle, o sr manda e não pede. Claro. Fez um pacto com o Lula? O Zé Dirceu topou? Esse é um perigo. Ainda temos que montar um barato pra ele dançar e se não tiver podre a gente inventa, é um perigo... Sim. Esse caso tá encerrado. Afe! Não, temos um novo homem nosso, aqui no gabinete. Claro, se o metalúrgico passar no filtro, depois do que vamos aprontar com ele, tem um amiguinho nosso aqui, de faxineiro, o sr sabe, aquele esquema dos tempos do Tancredo, pode nos ser útil de novo, um olho certo no lugar certo, a mão na massa de manobra, bucha de canhão, a Rede Globo, afinal, como o sr bem diz aí em Minas, é bom sempre se ter a faca e o queijo na mão, quando o PT der com os burros nágua e os senhores voltarem em nome da Pátria, da Família, do Emprego, da Segurança e da Casa Própria pra todos...

Obrigado pela força. Obrigado por aquele favorzinho. Fico devendo mais essa. É, lamentável, ele era meu filho, meio metido a sebo, vá lá, mas, a bem da verdade, como diz aquele pagode brega, pelo menos perdemos os anéis e não os dedos. Que Deus tenha piedade de nós. Até depois da apuração. Se eu não era ateu? A ligação tá chiando. Como? O que o sr quer dizer com isso? Reajuste do soldo?

Ah, aquela outra foi pro exterior, uns amigos de construtora bancam, a Rede Globo mantém o contrato. A PF em cima. A embaixada também. Ganha regiamente para ficar de bico calado...

-Sabe Lurdinha, a coisa aqui tá preta. O circo vai pegar fogo. Vai feder feio. Quem tem, tem medo, ué. Não vá pôr na sua coluna, mas acho que aqui há fumaça, fogo, sujeira e um monte de... você me entende, né mesmo, baby? E aquele encontro em Paris, tá afinado? Claro, vou dar um tempo, você sabe, a turba ignara é perigosa...

-Ah, o entregador de merda não se suicidou não? Ouvi aqui nos corredores que iriam "suicidar" com ele, como fizeram com um tal de Vlado, sei lá! Mas, como? O Sindicato já tá sabendo? Benza-Deus. Então montaram uma arapuca pra ele dar com os burros nágua? Meu Deus! Ah bom, entendi, antes ele do que eu, como dizem lá em Araraquara...

-Não, não tem dente de coelho, tem coelho inteiro. Ah podres poderes! Estou cheio disso tudo. Quando me aposentar, vou-me embora pra Lisboa. Esperar o Lula fazer cagada homérica, dantesca, e depois volto pomposo nos braços do povo, com o cargo de embaixador, tenho fórum privilegiado... sabe como é...

-Código TS?

-O quê qué isso?

-Nunca ouvi falar?

Cheirou merda, é, Miss Garagem?

-0-

(FIM)

“Pátria Amada/Pátria minha/Pátria nada/
Patriazinha...”

(Vinícius de Moraes)

Pós-scriptum

NOTA DO ESCRITOR

- Quando comecei a escrever o lixeiro e o presidente, o país ainda vivenciava uma conjuntura socioeconômica diferenciada em estado de falência administrativa e moral, com o fim da funesta era fhc, e um índice de desaprovação histórica, e assim os aspectos literários do texto em si, aqui e ali, pretendem retratar isso, de quadros cênicos rápidos e em proximidade com a emergente era lula light que mudou radicalmente do país que se restava em crise e com alto nível de desemprego, para uma fase de histórica inclusão social sem precedentes elogiada no mundo inteiro, para um operário emergente da seca e aleijado pela máquina da indústria, um dito migrante nordestino analfabeto. De lá para cá, o texto continuou firme e de um modo geral atualizado, salvo, aqui algum reparo de percurso político-administrativo, e ali o que a própria história dita oficial confirma e registra. Questões sem respostas aqui e ali atiçam a imaginação, como o ainda impune mensalão tucano, as privatizações-roubos (piratarias do câncer neoliberal do cínico e inumano estado mínimo até do insano neoescravismo), um decrépito tribunal superior refém de crime organizado por assim dizer de direita, o que então não poderia ser acertado no correr do fluxo lógico-sequencial das narrativas dentro do contexto da obra toda, pelo qual se desculpa o autor.

LISTAGEM

45 escândalos que marcaram o governo FHC

1 - Conivência com a corrupção

2 - O escândalo do Sivam

3 - A farra do Proer

4 - Caixa-dois de campanhas

5 - Propina na privatização

6 - A emenda da reeleição

7 - Grampos telefônicos

8 - TRT paulista

9 - Os ralos do DNER

10 - O "caladão" (Apagão)

11 -Desvalorização do real

12 - O caso Marka/FonteCindam

13 - Base de Alcântara

14 - Biopirataria oficial

15 - O fiasco dos 500 anos

16 - Eduardo Jorge, um personagem suspeito

17 - Drible na reforma tributária

18 - Rombo transamazônico na Sudam

19 - Os desvios na Sudene

20 - Calote no Fundef

21 - Abuso de MPs

22 - Acidentes na Petrobrás

23 - Apoio a Fujimori

24 -Desmatamento na Amazônia

25 – Os computadores do FUST

26 - Arapongagem

27 - O esquema do FAT

28 - Mudanças na CLT

29 - Obras irregulares

30 - Explosão da dívida pública

31 - Avanço da dengue

32 – Verbas do BNDES

33 - Crescimento pífio do PIB

34 – Renúncias no Senado

35 - Racionamento de energia

36- Assalto ao bolso do consumidor

37 – Explosão da violência

38 – A falácia da Reforma agrária

39 - Subserviência internacional

40 – Renda em queda e desemprego em alta

41 - Relações perigosas

42 –Violação aos direitos humanos

43 –Correção da tabela do IR

44 – Intervenção na Previ

45 – Suspeitas barbeiragens do Banco Central

Que bom..., ninguém lembra...!!!

Tive outro filho fora do casamento, em Brasília. Chama Leonardo, hoje com 27 anos. Trabalhou como carregador (auxiliar de serviços gerais) em orgão público. É filho de uma ex empregada doméstica negra que me impressionava pela formosura. Minha esposa Ruth descobriu e demitiu Maria Helena com o filho nos braços. Só paguei 130 mil dos 250 mil de indenização prometidos e uma pequena casa em Santa Maria (DF)

Este é o meu pai.
Me despreza, por
minha condição.

MARIA HELENA PEREIRA, A NEGRA QUE IMPRESSIONOU FHC PELA FORMOSURA E LHE DEU OUTRO FILHO FORA DO CASAMENTO, CONTINUA COM O PÉ NA COPA. A MÃE DE LEONARDO, O FILHO MULATO DE FHC, AINDA É COPEIRA NO GABINETE 22, NO SENADO. LEONARDO TAMBÉM TRABALHA NO SENADO. É UM MODESTO CARREGADOR.

Pós-scriptum

LIVRO/ANÁLISE

As memórias casuais de FHC, para americano ler

VINICIUS TORRES FREIRE

A rainha da Inglaterra, muito agradável, ensinou a Fernando Henrique e Ruth Cardoso como abrir e fechar as gavetas de roupas dos aposentos de hóspedes do Palácio de Buckinghan. Lady Diana disse a FHC que os homens brasileiros eram vaidosos. Mas a preferida do ex-presidente na família real era mesmo a rainha-mãe.

No livro que FHC lança nos EUA em março, tais anedotas merecem tanto espaço quanto, por exemplo, a privatização das teles. "The Accidental President of Brazil - A Memoir" ("Presidente do Brasil por Acaso - Memória") é uma autobiografia leve, livro de esquetes e anedotas temperado por resumos colegiais de história do Brasil para estrangeiros. Sem fatos ou ideias novas e rascantes.

FHC prepara outra autobiografia, para a editora Record. Também deve ser lançada em março e por ora leva o título "Minhas Memórias do Poder". Os poucos que leram partes do livro, tratado como secretíssimo, dizem que o volume brasileiro é mais forte.

O "Presidente por Acaso" começa com a narrativa das origens quase patrícias do ex-presidente. Na famosa litografia, o avô de FHC é um dos oficiais republicanos que levam a ordem de exílio ao deposto imperador Pedro 2. A avó filha da burguesia comercial carioca e frequentadora da corte dos Bragança horroriza-se na visita que faz ao rústico Goiás governado pelo bisavô Cardoso. Pai e parentes são generais, conselheiros e amigos de presidentes, e por vezes rebeldes e presos políticos.

Brasil inzoneiro

O ex-presidente pinta os políticos brasileiros com um colorido bananeiro e com seu suave, irônico e simpático esnobismo. Getúlio Vargas, esboçado com mais detalhe e respeito, aparece metralhando ele mesmo integralistas que atacavam seu palácio em 1938. Carnaval, café, futebol, cordialidade, compadrio e jeitinho são assuntos recorrentes. FHC parece mais um ensaísta dos anos 30 e 40 do que o sociólogo industrial e político que foi.

O olho torto de Jânio Quadros, "feio, bêbado, mulherengo, tolo e irresponsável" e uma das obsessões do livro, merece meia dúzia de menções. FHC seria derrotado por Jânio na eleição para prefeito de São Paulo em 1985, derrota e campanha sórdida que pelo jeito o marcaram muito. Foi nessa campanha que FHC deu uma resposta evasiva sobre sua religião. No livro, o ex-presidente diz que não é ateu e que vai a igrejas.

Da Globo, diz que mentiu sobre a campanha das Diretas Já. De José Sarney, que seu governo foi uma série de desastres. De Fernando Collor quase aceitou o convite para ser chanceler, pois se sentia seduzido pelos seus planos de governo. Da Carta de 1988 diz que era uma lista de desejos irrealista, com privilégios como a semana de 44 horas de trabalho, um projeto anacrônico de Estado de bem-estar social, que então entrava em colapso na Europa. De Florestan Fernandes (1920-1995), fundador da sociologia uspiana e seu mentor, magras linhas.

O Real e seu fim merecem uma narrativa mais cuidada, mas que ainda não faz jus ao intelectual. O real forte acabou pelos seguintes motivos. O mundo globalizado é instável. A imaturidade de Wall Street provoca pânicos e contágios financeiros. Havia enorme déficit público, que tinha de ser coberto com capital estrangeiro, atraído por juros altos. Havia obstinação das elites em impedir reformas como a da Previdência. Havia acusações injustas de corrupção, que aumentavam a desconfiança dos investidores no Brasil. Houve o calote de Itamar Franco governador de Minas.

E nada mais sobre economia, a não ser reformas de mercado.

Sociólogo por acaso

FHC aprendeu a ler aos três anos, teve tutor francês e foi garoto de praia no Rio, horrorizado ao mudar para uma São Paulo rústica, de ruas poeirentas, que sujavam seu sapato bicolor.

A ideia de ser sociólogo veio quase por acaso, de um diálogo à beira da piscina em Águas de Lindóia com o crítico português e professor fundador da USP Fidelino de Figueiredo (1888-1967).

O seminário Marx, grupo de estudos do qual participariam os principais cientistas sociais do país, surgiu numa conversa de praia com o filósofo José Arthur Giannotti. Virou chanceler de Itamar num cafezinho na cozinha e foi ministro da Fazenda à revelia.

O sociólogo acidental das memórias de FHC é obcecado com a desigualdade racial e de renda, "herança escravocrata", do descaso com a educação e com a reforma agrária. A instabilidade, o desprezo pela lei e o "jeitinho" brasileiros são estratégias da elite para manter privilégios, como o foi a inflação e como o é o déficit público. O sociólogo seria um ser mais preparado para detectar e operar a mudança estabilizadora no país institucionalmente caótico. Por vezes, a reflexão intimidou e atrapalhou o político. Mas o sociável articulador de consensos reparava o problema.

O presidente Luiz Inácio Lula da Silva surge como um arguto e inovador líder sindical, companheiro de campanhas de FHC, e termina como um desapontamento, um governo incompetente e acusado de corrupção, embora adepto das ideias tucanas. Tal adesão começou, sugere FHC, numa conversa que os dois tiveram no Alvorada, em 98: após ouvir um discurso sobre globalização e o muro de Berlim, Lula nunca mais seria o mesmo, tornando-se menos radical.

José Serra é o outro político nacional vivo mais citado. É o único apenas enaltecido, como Bill Clinton e Nelson Mandela, da grande lista de grandes nomes que FHC conheceu e sobre os quais nada de interessante se passa a saber.

FONTE/ADAPTADO

http://www1.folha.uol.com.br/fsp/brasil/fc2901200612.htm

Itamar Franco: FHC roubou a paternidade do Plano Real

Ciro Gomes diz que tucanos fizeram uma "lavagem cerebral" em relação a criação da moeda; em vídeo, Itamar lembra que FHC nem era mais ministro quando assinou a MP do Real. Criado durante gestão do ex-presidente Itamar Franco, o real tornou-se a moeda brasileira no dia 1º de julho 1994. Vinte anos depois, o tucanato conseguiu firmar no imaginário que o Plano Real foi obra do PSDB, mas Itamar, falecido em 2011, contou outra história:

"De repente até parece que foi o doutor Cardoso, que nem ministro mais era, porque tinha deixado o cargo em março, e nós lançamos o plano real em 1º de julho; parece até que foi o doutor Cardoso que assinou a medida provisória (do Plano Real)", explicou Itamar, no ano de 2000. "Ele entende menos de matemática do que eu e entende tanto de economia quanto eu, talvez eu até entenda mais do que ele", declarou Itamar, à época.

O ex-presidente assume ter se equivocado ao deixar que FHC assinasse a cédula. De acordo com Itamar, o tucano não poderia "constitucionalmente" ter assinado a moeda. Memória apagada – Para o ex-governador do Ceará e ministro da Fazenda de Itamar Franco Ciro Gomes, os tucanos fizeram uma "verdadeira lavagem cerebral" em relação ao Plano Real. Ele destaca que toda responsabilidade política sobre a criação da nova moeda foi de Itamar Franco.

"O FHC foi ministro de Itamar, mas ele saiu antes de o real ter sido lançado e deixou as notas assinadas. Isso tudo é uma sequência de uma fraude", contesta.

Paternidade roubada – Nesses 20 anos, os tucanos tentam se apropriar da paternidade do plano, ao alegar que ele teria sido criado pelo ex-presidente Fernando Henrique Cardoso (PSDB), padrinho político de Aécio Neves. "O povo sabe que quem fez o Plano Real fomos nós, quando fui Ministro da Fazenda, melhorando a vida de todo mundo", disse FHC, em vídeo divulgado no dia 10 de outubro deste ano. Mas as entrevistas mais antigas de Itamar contestam essa narrativa. Ciro lembra que Itamar Itamar Franco morreu com uma grande mágoa relacionada ao assunto, e que o ex-presidente contestou, por diversas vezes, a tentativa tucana de assumir a paternidade do Plano Real. Por Mariana Zoccoli - in *http://www.pt.org.br/para-itamar-fhc-roubou-a-paternidade-pelo-plano-real/ - 15.10.2014*

SOBRE O ESCRITOR DE "O LIXEIRO E O PRESIDENTE":

-"Em Goto, a Lenda do Reino do Barqueiro Noturno, de Silas Leite, Itararé entra pela porta da frente da literatura e ganha foro comparável ao de Yoknapatawpha County de William Faukner, de Macondo de Gabriel Garcia Marquez e de Santa Maria de Juan Carlos Onetti. Obra do século XXI(...), de linguagem rebelde, assumindo-se como não-romance ou antirromance, ao romper com as fôrmas literárias do Romantismo e do Modernismo segundo Massaud Moisés. Adelto Gonçalves, dr em literatura/USP.

-"O que chama a atenção no texto de Silas é o prazer que o autor sente em narrar, prazer este que se transmite ao leitor como um forte apelo que se espera da verdadeira literatura. Moacyr Scliar, escritor (ABL-Academia Brasileira de Letras)

-"Silas, Poeta com P Maiúsculo, autor do belo GOTO e do originalíssimo Desvairados Inutensílios, onde o talento fulgura como um diamante luminoso num veludo negro(...)" Fernando Jorge Escritor.

-"Silas amigo: Tocou-me forte sua extraordinária e iluminada resenha crítica do meu livro. Senti lucidez e conhecimento. Carlos Nejar, escritor (ABL-Academia Brasileira de Letras)

-"Silas Corrêa Leite é um poeta criativo. A sua narrativa é de uma linguagem de hoje. Sua construção poética começa pelo título do livro 'Porta-Lapsos'. Linguagem poética cativante" Poeta Álvaro Alves de Faria, Rádio Jovem Pan.

-"Caro poeta Silas, muito lhe agradeço o envio do Estatuto de Poeta em Russo. A impressão é que o Estatuto tenha sido originalmente escrito em russo! Texto inspirado. Boris Vardanian, professor das línguas" (Ucrânia/Lvov)

-"Eu assinaria embaixo de seus contos". Ignácio de Loyola Brandão. Romancista.

-Os contos de Silas Corrêa Leite são fílmicos, cênicos. João Silvério Trevisan. Balaio de Textos, SESC.

KOTTER
EDITORIAL

Impresso em papel pólen,
tipologia Cardo 10,5/15, no verão de 2019.